九歌101年

2012

童話選

許建崑 主編

九歌101年度童話選
年度童話獎

得主

王文華

作品

雲來的那一天

九歌出版社

九歌101年度童話獎　得獎感言

◎王文華

是我？

真的是我？

沒騙我吧？

我揉揉眼睛，清清耳朵，電話那頭的建崑教授說：「沒錯，就是你，快寫得獎感言吧！」

感言呀？

我還記得〈雲來的一天〉，寫的是那一天，我要去演講。春天，從埔里出發，剛下過雨，就在車子快過國姓柑仔林時，我發現一朵怪怪的雲，圓圓的，像球一樣，籠罩住底下的村莊。

於是，開始亂想，車如流水馬如龍，還沒到演講的地方，這篇故事已經如雲般出現了。

謝謝一〇一春天那朵雲，因為它，我發想，寫出這個故事。

謝謝未來少年的毓珍，因為她，我每年都會寫出幾篇童話來。

更要謝謝建崑老師、師母、博英、簡禎、冠伶及海薇等大、小主編，因為你們的評審，讓這篇童話，能為我的一百零一年，留下一個很有意義的印記。

101年童話選
目錄

卷一 偷得浮生半日遊

卷二 功課寫來心事多

卷三 人間有情總相遇

卷四 爾虞我詐費心機

卷五 神奇驚悚請光臨

卷一 偷得浮生半日遊

獸出遠門

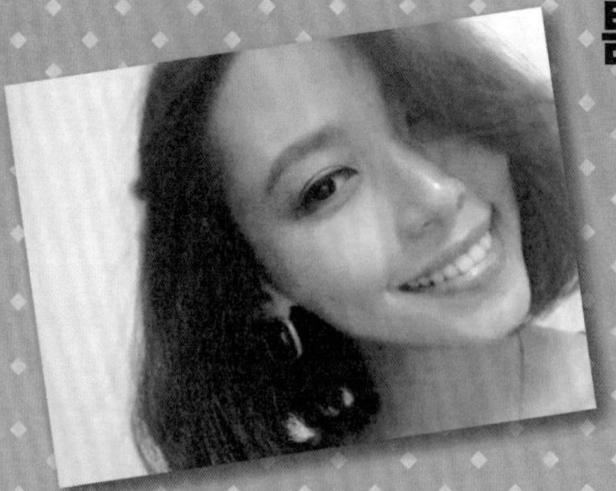

插圖／那培玄

邱千真

作者簡介

如果可以盡情地、無拘無束地想像著，為什麼不？
童話是我從小最喜歡的書籍類型，
學校每週的借閱日我總是借童話故事回家讀，
心裡頭老想著：這是真的嗎？然後一遍又一遍的閱讀。
對我來說，每個故事都是真的。但，沉溺夠了，就該放下了。

童話觀

這是一個看不見的世界。
文字就像音符，說故事的就是吹笛子的，當音樂響起，
人們開始隨著節奏舞動，有的會旋轉大笑，有的會拍手踏步，
有的只是安安靜靜的待在那裡，但無論是那一種，
都正一步一步的跨入看不見的世界。
能帶領人們穿越眼前帷幕的故事都是好童話。

獸第一次出遠門。

他抬起頭望著天，「雲一坨一坨的，好像綿羊排排窩在湖邊喝水唷，」圓圓的大眼睛閃爍著湖光，「嗯，今天是個相當適合拜訪朋友的好日子！」

獸走進儲藏室，準備十隻蛞蝓、四隻樹蛙、兩隻蚯蚓包成一球，帶著滿口黃牙的笑容離開了山頂沼澤地。手裡拿著怪畫給他的地圖，興奮的前進。

左彎，右繞，下陡坡，穿樹叢，獸來到一條河前。

「咦！這是什麼！？」獸感到很吃驚。他輕柔的把食物放在一旁，蹲下來，抱著臃腫的雙膝，靜靜觀察。

獸平常不大想事情的，也不做什麼思考，如果說真有在想什麼的話，大概會像是這樣：今天早餐吃什麼好呢？今天午餐吃什麼好呢？今天晚餐吃什麼好呢？明天早上吃什麼好呢？明天中午吃什麼好呢？明天晚上吃什麼好呢？

不過，今天那顆很久沒用的腦袋正細細探索著。

獸驚呼的說：「『這傢伙』……透明的，長長的，會動……」兩顆眼珠子快速的從左往右移動三次，「它……似乎不會停下來……一直一直一直溜啊溜的，」獸往前傾想看得更清楚一點，「哦，裡面有魚！」

這使他想起上次怪拜訪時帶來的那條可口午餐，只不過這條比那條小很多很多。獸吞了一口口水。

面對「這傢伙」，獸有些傷腦筋，他想：如果它永遠都不會停下來，一直溜啊溜的，那我要如何才可以走過去呀？

獸用他那圓又空的獸腦努力的想，用力的想，奮力的想。終於，他有一個點子：「我可以用腳把這傢伙踩住，這樣它就不會一直溜啊溜的！」獸越想越興奮。

接著他抬起右腳狠狠的踩下去。

水花四濺！！！

一個包長出來，一聲尖叫衝出來。

河依舊是河……

獸不放棄，忍著痛，又想：「我可是很強壯的，一定是因為剛才不夠用力！」

於是他抬起左腳使出比剛剛更強的力道踩下去。

水花十濺！！！！！！！！！！

Mirai 2018

一根枯枝直直插入，一泉熱血汩汩流出，一聲慘叫無邊無際的迴盪谷底……雙腿發抖的獸往後癱坐在草地上。身上完全沒有泥巴，綠綠的身體癱在陽光下顫抖。

河依舊是河……

「石頭，」獸忽有靈感的說，「石頭一定可以讓它停下來，我需要一顆很重很重的石頭。」他的熱情拉起受傷的腳往森林走去。

「就是你，」獸背起石頭往回走，「『這傢伙』，我看你是跑不動了！」

獸舉起石頭，使出全身力氣用力一丟。

轟隆巨響——

野鴨飛。水鼠跑。烏龜逃。

河依舊是河……

獸很苦惱，他已經想盡各種方法，今天腦的使用量也空了，他覺得自己走不到怪的家，感到非常

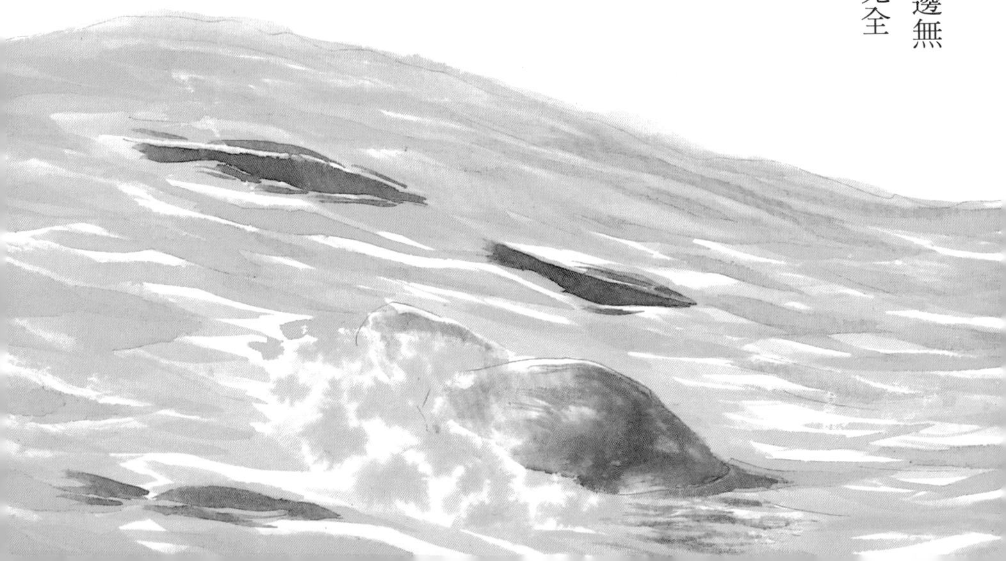

沮喪……

這時，一條魚從他眼前飛出來，又掉下去，再跳出來，又落下去，反反覆覆很多次。又累又餓的獸呆站在岸邊，目不轉睛的盯著肥美的魚，看著看著看著看著……他伸出手去抓，抓不到，再抓，又抓一次，沒抓到。他一步一步跟著魚前進，一次又一次的撲空。

再一次伸出右手。

「抓到了！」獸高興的大吼，在草地上跳來跳去，完全忘記雙腳的疼痛。當他咬下第一口時，才驚覺自己已經走過來了……

費了好大的力氣，獸終於抵達怪的家。

怪正坐在自家山洞上看海，完全沒有發現獸站在那裡。獸默默坐在怪的身旁，一怪一獸肩靠肩一同看夕陽。獸把今天發生的事說給怪聽，怪說這真是一件怪事！怪還說，獸身上沒有泥巴，也沒有臭味，聞起來像個人，真是太怪了！

更怪的是，獸找不到他為怪準備的點心。怪沒有怪他，怪從家裡拿出兩條很大很大、很肥很肥的魚，一怪一獸各抱一條，在滿天星星的注目下啃得渾身魚腥味。

怪說，嗯，好聞多了，這樣才是隻獸嘛！說完，兩個同時倒頭放聲大笑，噴得天空滿是碎魚肉……震得深山滿是歡樂聲……

夜空沒有出聲。
森林沒有出聲。
石頭沒有出聲。
大家只是默默的聽……

——原載二〇一二年六月二十二日《國語日報・兒童故事》

—編委的話—

王海薇：
一般人覺得平凡無奇的事物，這隻獸卻覺得新奇，就像一隻井底之蛙第一次看到外面的世界。很好玩的一個故事，充滿了童趣。

簡禎：
真實世界沒有的獸和怪，作者卻能夠把牠們描述得既生動又有趣，讓人以為真有這兩種生物。獸出遠門，要做什麼呢？非常特別的題目，一定會引起讀者的好奇心。

許建崑：
獸出門尋訪好友怪的旅程，表現好奇與探險的精神。不失童心，溫暖有情。

黃紅甜椒黃鼠狼

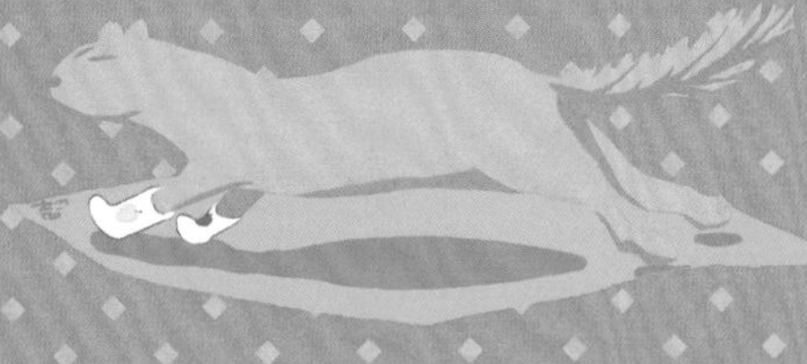

插圖／楊隆吉

楊隆吉

作者簡介

台東大學兒童文學研究所碩士。
網路「達拉米電子報」主編。
作品曾獲九十四年年度童話獎（九歌）、蘭陽文學獎等。
著有《拳王八卦》、《愛的穀粒》、《四不像和一不懂》、《山豬小隻》、《超級完美的願望》、《鷗吉山故事雲》；個人部落格http://piccc.pixnet.net

童話觀

所有的、零星的、純粹的心思，
都因著一篇緣份而織就、交會、互動，
凝練成一幅可以與大家分享的樹影，
遊移婆娑出陣陣的童言笑語。
我有緣的讀者們，童話可是咱們的暗號呢！

很久很久以前，世界上有一雙襪子，襪子上有兩顆甜椒，一顆很黃很黃，一顆很紅很紅。

用毛線織成這雙襪子的師傅，很早就不知去向，只留了一雙襪子在家門口。

有一天，有一隻餓得兩眼昏花、四肢無力的黃鼠狼，無意間經過了那雙甜椒襪，以為是上天賜給牠的食物，滿心歡喜的準備張嘴咬下去……

「別吃我，我不是甜椒，我只是襪子。」襪子上的黃甜椒發出警告。

黃鼠狼第一次聽到襪子講話，驚訝得很，盯著黃甜椒：「哦！對不起，我太餓了，只看到甜椒，沒看到襪子。」

「沒關係，下次小心一點！」紅甜椒也說話了。

黃鼠狼看著說話的紅甜椒，心裡覺得不尋常：「你們真的是一雙很特別的襪子。」

「沒錯！我們的確是，織出我們的人，也這麼說。」黃甜椒說。

「說什麼？」黃鼠狼問。

「他說，你們是一雙很特別的襪子，知道嗎？」紅甜椒說明。

「就這樣？」黃鼠狼又問。

「沒有，他還說，只要是誰穿了我們，一定會有特別的事情發生。」黃甜椒補充。

「還有嗎？」黃鼠狼再問。

「沒有了。」紅甜椒與黃甜椒異口同聲。

「沒有說會有怎樣特別的事嗎？」
「沒有，因為從來沒有人穿上我們。」紅甜椒說。
「不然，你來穿穿看啊？」黃甜椒慫恿黃鼠狼。
黃鼠狼天生好奇，暫時忍住肚子餓，牠希望能夠發生一件特別的事，最好還可以順便讓牠不再餓肚子：「好，我來穿！」
黃鼠狼說完，小心翼翼的穿上了全新的甜椒襪，黃甜椒穿在左前腳，紅甜椒穿在右前腳。剛穿好沒多久，黃鼠狼就不由自主的跑了起來，越跑越快，快到黃鼠狼想停都停不下來，一直向前跑、一直跑……
後來，黃鼠狼跑了八天七夜，才在一棵大橡樹前停下來，黃鼠狼停下來之後，立刻趴在地上，氣喘噓噓，沒喘幾口氣，就累得睡著了。
大橡樹旁有一顆白色的大石頭，石頭上有一個黑人，黑人正在打坐，黑人感覺到有什麼東西來到他跟前，於是張開黑白分明的眼睛：「哦！原來是一隻黃鼠狼。」黑人說話時，充滿著他早有預感的口氣。
「辛苦你了……」黑人從上衣的口袋內，緩緩的取出棒針與

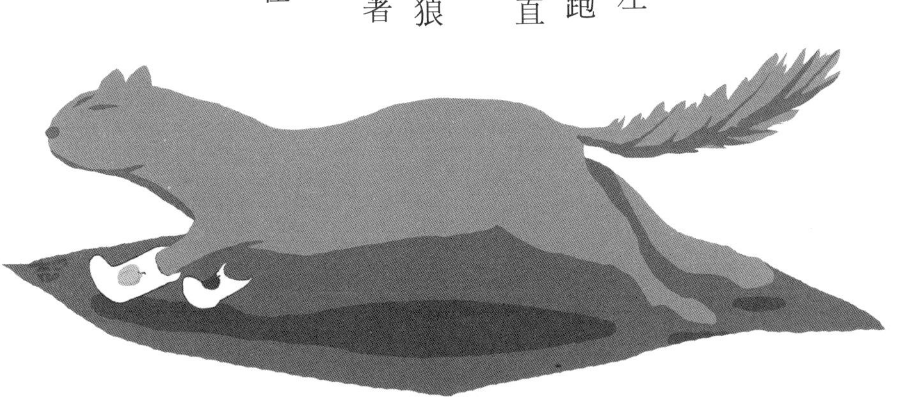

毛線，喃喃的說：「嗯，這次，就再加上黃鼠狼吧！」

原來，黑人就是上次織成甜椒襪的針織師傅，這次，黑人仍用了三種顏色來織襪子：白色、黃色、紅色。

黑人首先將毛線球輕輕放在熟睡的黃鼠狼身上，然後，熟練的使用兩枝棒針，快速的織了起來……

不到一個小時的光景，白色、黃色、紅色的毛線球，連同黃鼠狼，立即成為黑人手中織出來的另一雙新襪子。襪子上分別有甜椒與黃鼠狼，其中一只襪子上的甜椒與黃鼠狼很黃很黃，另一只襪子上的甜椒與黃鼠狼很紅很紅。

黑人織好了新襪子之後，將襪子端正平整的擺在白石頭上，語氣認真的說：「你們是一雙很特別的襪子，知道嗎？只要是誰穿了你們，一定會有特別的事情發生。」說完，黑人就離開了大橡樹，再次不知去向……

——原載二〇一二年三月《兒童哲學》第十四期

—編委的話—

陳冠伶：

本來以為會有神奇的事發生，沒想到故事尾端又回到故事的起頭。襪子和黃鼠狼的對話很有趣，黑人似乎可以預知未來的能力，讓我覺得新奇。這個故事好像可以一直說下去，變成一個接龍故事，真是別出心裁的設計。

簡　禎：
這是一個還算短的童話故事，但內容情節卻非常吸引人，當你讀到一半時，你一定很好奇，故事接下來會是什麼發展。一篇非常成功的文章，寫得不錯喔。

許建崑：
童話原來可以是無所謂、無所為的遊戲。讀者樂意嬉遊其間，目的就達到了。

哲學家貓咪

插圖／Kai

Chair

作者簡介

一個初出茅廬的童話創作者，兩個稚子的媽媽。
在唸故事給孩子聽的同時，突發奇想地想：
若有一天我能唸自己的作品給孩子聽一定很有趣！
因而開始了寫作之路，好笑的是：
我是一個文章被錄用，插畫卻被退稿的高中美術老師。

童話觀

大學念美術系，研究所轉讀藝術理論組，
讀了一些有趣但艱澀的理論，
很難對學生生動的解釋藝術評論的多面向，
想用童話創作來試試能不能呈現當代藝術學的多元角度。

貓咪跳過厚實的磚牆。

貓咪優雅的轉過身，對著牆角恣意伸展攀延的紫色牽牛花嗅聞了一番，坐下來，抬起前腳仔細的舔舐，然後再小心翼翼的把臉擦拭乾淨，滿意的擺擺頭、搖搖尾，伸了一個大懶腰。

牆後傳來一陣聲音，貓咪斷斷續續地聽到聲音正在討論：「貓咪是什麼顏色？」貓咪歪著頭聽了一陣子後，抬高頭對著牆後的動植物與那群人說道：「當你們順著光，在陽光下睜大眼睛看時，我擁有的是閃亮的黃毛。當你們逆著光，瞇著眼睛看時，我擁有的是栗色的棕毛。黃色與棕色只是角度不同罷了。」

貓咪說完後，弓背、昂頭、翹尾、屈膝，再伸了一個懶腰後，就驕傲的往前躍走。

貓咪在一棵大樹下遇到了一夥吱吱喳喳說個不停的小雞，其中一隻紅羽毛的小雞向貓咪點點頭說：「請問你要去哪裡？」貓咪邊走邊回答：「散步。」小雞趕忙小跑步追上貓咪，問道：「你不怕迷路嗎？媽媽規定我們不能離開這棵樹兩公尺耶！」

貓咪停下腳步，看著小雞，認真的說：「我不怕迷路，是因為我並沒有要去哪裡；

當我們有個固定的目的地或目標、方向時，我們才會怕迷路。

「我是一隻貓，我喜歡沒有目的、沒有目標、自由自在的散步。

「散步，就只是單純的散步，走哪一條路都沒有差別。

「散步呀！隨意走、隨意看，每一條路都值得嘗試，每一條路都有不同的景觀。」

貓咪順口問小雞：「想不想和我一起去散步呢？」小雞小聲的回答：「吱吱！想啊！我好想和你一起去散步！可是我不知道我能不能去，我得回去問問媽媽！請你等一等！」

說罷，小雞小小的身影就飛快的在貓咪面前消失。

不多久，大樹邊的竹籬笆裡旋即傳來小

雞和母雞的對話。
「媽媽，拜託！拜託啦！我真的很想和新認識的貓咪一起去散步！一起去看看外面有什麼好玩的！」
「不行，孩子！你還太小，我擔心你會迷路……」
「可是，貓咪說散步不會迷路……」
貓咪忍不住插了話：「咳咳！對不起！母雞太太，我打個岔。請問你覺得小雞要長到多大，才可以出去散步呢？讓我來說個我曾經看過的故事吧！
「有一隻懶惰的小鳥，他不願意學飛。這隻小鳥總是躲在巢裡呀呀叫，『呀呀！呀呀！我還小小的，我不會飛，我需要幫忙！爸爸、媽媽，請找些蟲兒來給我吃。』等到鳥爸爸、鳥媽媽帶著小蟲兒回來後，這隻懶惰的小鳥，怕搶不到食物，就大聲的叫道：『呀呀！呀呀！我已經長大了，所以我必須吃比較多的東西，才能吃得飽！這些小蟲兒全是我的！』
「請問母雞太太，這隻小鳥到底是小小的？還是長大了？」
「在爸媽的眼裡孩子永遠長不大。」貓咪繼續說道：「當你認定小雞還小時，你眼中看到的小雞就永遠是一隻小雞。牠永遠長不大！當你敞開心胸，讚許小雞獨立的表現，你將會發現：『小雞已不再是小雞』。這時小雞才能真正獨立自主！
「也許，母雞太太，你應該問問小雞，覺得自己是一隻小小的小雞，還是一隻獨立自主的小雞……？」

剎那間，一旁的小雞一窩蜂的喊：「我長大了！我已經長大了！我也要去散步！」

貓咪笑呵呵地看著這一些小雞說道：「長大了，可不是嘴巴上喊喊而已哦！長大了是必須要表現：能自我負責的態度！現在，就讓我來看看你們的表現！預備！立定！踏步！走！成兩路縱隊……」

微風輕輕的吹來，催趕著大夥兒該出發囉！貓咪「喵」一聲長叫：「就是現在，上路吧！」大樹與母雞笑咪咪的看著，「貓咪帶小雞」去散步，母雞不停、不停的揮著手！牠們的身影拖得好長、好長，映在母雞閃爍著淚光的眼裡。

——原載二〇一二年一月十八日《國語日報・兒童故事》

—編委的話—

陳冠伶：

整篇文章有強烈的色彩。在視覺、嗅覺感官的描寫上，很有畫面。作者讓博學多聞的貓、純真可愛的小雞在悠閒自在的氣氛中和其他動物對話，吸引讀者一起思考貓咪所提出來的問題。

簡禎：

哲學家貓咪？貓咪怎麼可能是哲學家呢？光看這個題目，就非常吸引人。貓咪可以說出這麼有哲理的話，太勁爆了。不過作者應該把貓咪描述得更可愛一點，才能讓整篇故事更有趣。

許建崑：

文筆細膩，寫貓姿態傳神。語調中不免暗藏教條，但用得輕巧，並不礙眼。這篇故事，倒適合父母細讀。

鼴鼠奶奶的窗子

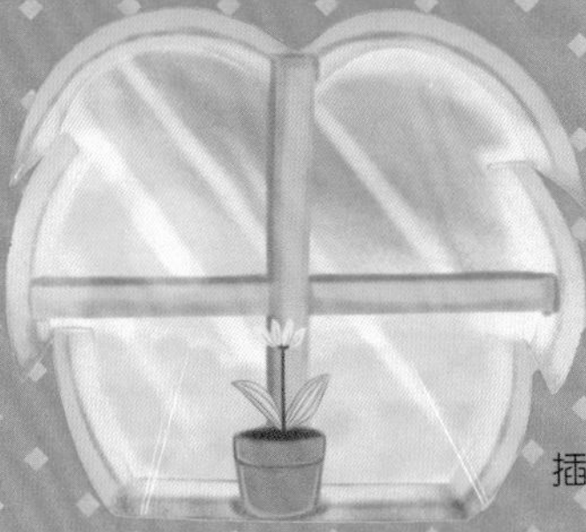

插圖／李月玲

任小霞

作者簡介

小學教師。獲二〇一一冰心兒童文學新作獎。
作品散見於《幼兒故事大王》、《國語日報》等報刊。
作品入選《日有所誦》、《祕密丟了》等書。
出版童話繪本《寶貝動動》、《我是小小CEO》、
《閱讀詩意美麗的世界》、《小灰鼠米朵認知系列》等系列。

童話觀

童話是瞭解孩子的密碼，童話也是發現童年的密碼，
童話更是理解成長的密碼。
用童話去和孩子溝通，用童話去陪伴童年長大，
用童話去鼓勵每一份成長，是我的願望。

鼴鼠奶奶小時候起，就比別的鼴鼠更愛色彩。

瞧，她的屋子竟然有七扇窗子，比任何一個屋子的窗子都多——綠框的葉形窗子，紅框的花瓣形窗子，黃框的太陽形窗子，紫框的葡萄形窗子，藍框的果子形窗子……

「站在這兒，」鼴鼠奶奶小時候在葉窗子邊，對小夥伴說，「你能感覺到每一縷陽光都是綠油油。」啊，所有的小夥伴都跟著她在葉窗子邊感受綠油油的陽光，在花瓣窗子邊感受紅豔豔的陽光，在太陽窗子邊感受金燦燦的陽光，在葡萄窗子邊感受紫盈盈的陽光，在果窗子邊感受藍幽幽的陽光……

大夥兒都覺得鼴鼠奶奶的生活是五彩斑斕的，大夥兒也都覺得鼴鼠奶奶的眼睛是五光十色的。

可是，鼴鼠奶奶還是瞎了。每一隻鼴鼠的視力都會隨著長大越來越退化，這對鼴鼠家族來說，是件最正常不過的事了。看起來，她一點兒也不難過——她非常自如地在地下通道行走，非常熟悉地在屋裡做家務。

這一天，小灰鼠路過奶奶的屋子，看到鼴鼠奶奶摸著一粒豆子，一直在猜：「這是一顆紅珠子吧？掛在毛衣上會不會很好看？這是一粒藍珠子吧？掛在耳朵上會不會挺精神？這是一枚綠鈕扣吧？扣在絲巾上是不是挺別致？……」

猜了好半天，鼴鼠奶奶歎了一口氣：「哎，看不見顏色，真的不方便哪。」

小灰鼠看看鼴鼠奶奶七彩的窗子，想到一個好主意——她跑進屋子，對鼴鼠奶奶說：「奶奶，我在學分類整理屋子了，來您這試一下好不好？」

「好呀，你怎麼分類？」鼴鼠奶奶還沒鬧明白。小灰鼠已經開始了，她把屋裡的東西按顏色分類了——紅橙黃綠青藍紫，七大類，然後，她在七色窗子下各放一個布袋，紅袋子放紅窗下，全放紅色的東西，紅豆子、紅鈕扣、紅剪刀……綠窗子下綠袋子，裡面就是綠杯子、綠香皂、綠手帕……

「我全給您分好啦！」小灰鼠告訴鼴鼠奶奶，「您要用什麼顏色的東西，只要到那種顏色的窗下就能找到啦。」

嘿，可不是嗎，奶奶走到藍果子窗下一掏：「這個是藍盒子？還是藍本子？……」

「對呀，對呀……」小灰鼠拍手笑，「奶奶太棒了，每一種顏色都認得清清楚楚……」

「奶奶，我想借把小刀。」窗外小兔子對鼴鼠奶奶說。奶奶從紅窗下掏出一把小刀：「借你一把紅色的小刀吧，這把刀特別好用！」

「啊，奶奶還知道顏色！」小兔子驚奇地張大了嘴巴。小灰鼠在一邊悄悄地笑。

從這以後，小灰鼠天天會到奶奶屋裡轉一圈，把奶奶新收集回來的東西分類放好。

「鼴鼠奶奶真厲害呀，眼睛比看得見的時候還要清楚，每一樣顏色她都知道……」大夥兒常常這麼議論，鼴鼠奶奶的心呀，就像七色的亮窗子一樣，閃著快樂的光澤。

「小灰鼠，」這天晚上，鼷鼠奶奶說，「你知道嗎，我其實有八扇窗子呢。」

「八扇？」小灰鼠說，「還有一扇我怎麼沒發現，是什麼顏色？」

「還有一扇就是小灰鼠，」鼷鼠奶奶說，「你是奶奶心裡最亮最亮的一扇窗子呀，你照得奶奶的心，一直五彩繽紛的！」

——原載二〇一二年九月五日《國語日報・兒童故事》

—編委的話—

陳冠伶：

鼷鼠奶奶說：「小灰鼠是奶奶心裡最亮最亮的一扇窗子呀，你照得奶奶的心，一直五彩繽紛的！」我特別喜歡文章裡面對七彩窗戶的描寫和這句話。

簡　禎：

鼷鼠奶奶很可愛，她的窗子真美麗，同時小灰鼠也太有愛心了。但我認為作者應該多加描述小灰鼠幫助鼷鼠奶奶的過程，這樣才能使文章更為完整。

許建崑：

題目讓人聯想到安房直子《狐狸的窗戶》。任小霞以鼷鼠奶奶為主角，寫了一系列作品；在童話素材中，關心到老年人的問題，頗為特別。

鬆餅早餐店

插圖／那培玄

王英錦

作者簡介

想到描繪自己，頭上冒了好多問號。
不免想到《小言與小圖》書裡頭的優太，
準備跟媽媽爭取零用錢時，有n個想法。
我也像優太的n個想法，無法單一的素描自己。
若簡單一點的說，我和優太一樣，相信「誠實」是處理事情最好的方法。

童話觀

源自生活，貼近「心」的故事，
不管是用什麼手法表現出來，
都是讓人伸出大拇指感動的好故事。

黑貓、白貓、虎斑貓，三隻愛吃鬆餅的貓咪，在森林的一間古老小白屋，合作開了一家鬆餅早餐店。

今天一早，貓咪們穿上了乾淨的圍裙，掛好小招牌，鬆餅早餐店準備開幕囉！

這時候，突然下起大雨，還颳起了可怕的風。終於雨停了，天色卻變昏暗了。真令人擔心，這樣的天氣會有什麼客人光臨呢？

但是，三隻貓咪還是精神抖擻快樂的準備餐點。

一個穿著西裝，戴著紳士帽的熊先生，慢慢的停下了腳步。

「咦，是鬆餅店哪，奇怪，什麼時候開了這家店？」店裡飄盪著輕柔的音樂和一種讓人徹底放鬆心情的氣氛。

熊先生坐好位子，虎斑貓禮貌的遞上了一杯帶皮的檸檬水。

「早安，先生，這是我們的香水檸檬泡的茶，請喝看看，菜單也請慢慢的看。」虎斑貓在旁微笑的解說，然後退回到櫃檯。

熊先生點點頭，心裡想著，啊，好可愛的小店，乾淨明亮又帶著一種親切溫暖，不知道廚師的手藝如何？他攤開菜單，點了一客玉米鬆餅。

「太好吃了！」熊先生咬了一口，喃喃自語，閉上眼睛露出滿意的笑容，「這真是我第一次，吃到這麼美味的鬆餅。餅皮爽口溫潤，玉米飽滿香甜，嗯，價格又平實。」

原來，熊先生是一位美食家。

隔天報紙馬上刊登了鬆餅早餐店的美食

報導。

在河的一邊，開豆漿早餐店的雞大嬸，她的心情七上八下。聽到客人稱讚著鬆餅，雞大嬸不屑的嘲笑說：「哼！我就不相信。」

這一天，雞大嬸早早醒來，包著一條大頭巾，慌慌張張的走進鬆餅早餐店裡。

雞大嬸看著菜單，「嗯……」她不由自主的瞇起眼睛，這個很不錯，那個也很好，每一種鬆餅看起來都很可口。

鬆餅店小小的，可是乾淨明亮，連店裡的植物都散發著一種輕快的生命力。想到自己那間簡陋的豆漿店，內心突然充滿自卑感。看著自己粗糙的手掌，她莫名的吁嘆了一聲。

端起餐桌上的茶水，雞大嬸馬上喝了一口，有清淡的菊花和蜂蜜味道。

「咦，我沒點茶啊。」雞大嬸喝了一口猛然想到。

「是免費招待的，請喝看看。我們會時常變化一些茶水，有時候也會換成咖啡。」

「免費？」雞大嬸瞪大眼睛覺得很不可思議，那麼鬆餅應該賣得很貴囉，打開菜單再仔細看一下定價，還好嘛，那麼鬆餅鐵定小不拉幾，裡頭的餡料意思意思交代一下。

「來份蘆薈加芝麻的鬆餅，不要加蛋，知道嗎？」雞大嬸的聲音透露著興奮和緊張。

出來，出來了，閃著光澤的鬆餅端上桌了！白色瓷盤裝上飽滿的鬆餅，份量很大方。

雞大嬸吃了一小口，麵皮很柔和，是自然的香甜；芝麻加蘆薈很清爽又有彈Q的口感。

「好特別，我從來沒吃過。」雞大嬸在心裡讚嘆，可是又有一種惱怒的情緒。哼，這是年輕人愛嘗鮮的口味嘛，那裡比得上我們豆漿店傳統的味道。

就這樣，雞大嬸懷著複雜的情緒回到豆漿店，可是一整天都提不太起精神工作，把油條炸得黑黑焦焦的，把饅頭蒸得乾乾癟癟的。最後，病懨懨的躺在床上。

豆漿店的鐵門只好拉了下來，暫時停止營業。

到鬆餅店的顧客，聊起天。

「奇怪了，豆漿店怎麼好幾天關門沒開了？」

「好可惜，蔥燒餅超香酥。」

「是手工炭烤的呢！」

一個傍晚，貓咪們提著鬆餅，來到豆漿店的鐵門前。

他們按了門鈴，又等了好久，才又輕輕按了一下門鈴。掉漆的鐵門在夕陽下拉長影子，店裡面還是沒有動靜。

三隻貓咪很有耐心的等了一會。這時，鐵門嘎吱一聲慢慢的拉起。

是雞大嬸！

「妳還沒吃晚餐吧！」「嘗嘗新口味的鬆餅。」

剛烤好的鬆餅，又熱又厚，淋上甜甜的蜂蜜，特別好吃。

雞大嬸有些不好意思，吃了一塊又一塊。她的臉蛋慢慢變成玫瑰色，恢復了精神。她端出三個杯子，低著頭有點彆扭的說：「這是我煮的冰豆漿。」

「哇，好好喝！」「好香、好濃！」「大家都好期待雞大嬸的豆漿和油條呢！」

「真的嗎？」母雞一聽，心情不可思議的明朗了起來，她挺起了胸膛，快步的走進廚房揉著麵條，炸起香酥的油條。

「你們沒吃過我炸的油條，吃吃看、吃吃看。」

黑貓、白貓、虎斑貓高興的點點頭。

隔天一大早，豆漿店的鍋子，開始咕嘟咕嘟的叫了起來。一陣陣的豆子香味，在河邊慢慢的慢慢的飄盪開了。

——原載二〇一二年八月十五日《國語日報・兒童故事》，原發表篇名〈美味早餐店〉

—編委的話—

王海薇：

雞大嬸受了三隻貓咪的鼓勵，「心情不可思議的開朗起來」，振作起來開始開豆漿店。結局和〈龍爭寵〉那篇，有相似的地方，證明任何人都需要被肯定、鼓勵。

陳冠伶：

這篇是「心理不平衡」的文章。三隻貓咪開的鬆餅店好吃又受歡迎，讓附近開豆漿店的雞大嬸「心情七上八下」，接著「心裡又是讚嘆，可是又有一種惱怒的情緒」，然後「懷著複雜的情緒回到豆漿店」。文中描寫雞大嬸落寞的情緒，非常生動。

簡　禎：

兩家競爭激烈的早餐店，傳統美食與西式鬆餅，你比較喜歡哪一家呢？雖然是競爭對手，但是在雞大嬸需要幫助時，貓咪仍然伸出援手，助她一臂之力，這種精神令人佩服。

許建崑：

藉著新舊早餐店的對比，來說明「創新」給人新奇嚮往，「傳統」也讓人回味難忘。唯有自信、實在，相互關愛，才能帶給社會溫暖興隆。

卷二

功課寫來心事多

願望從心裡掉出來

插圖／Kai

子　魚

作者簡介

一個喜歡愛說故事，愛寫故事，頭腦天馬行空、跳躍思考的人。
天津師範大學比較文學博士，台東大學兒童文學研究所畢業，
兒童文學作家、童詩詩人。

童話觀

今天過馬路時，看見車子快速經過時，
有一張不知哪裡來的白紙「飛」起來了。
我靜靜的看著，覺得這張白紙飛的姿勢十分優雅，心裡覺得非常快樂。

月亮掛得高高的，風吹得涼涼的很舒服，這也表示時間已經晚了。

男孩吉拉還在為他的數學傷透腦筋。燈光之下，書桌前面，他看著扭來扭去的數字，在小腦袋瓜裡鑽來鑽去。無論怎麼鑽，答案就是鑽不出來。

吉拉睏了，想要睡覺。作業沒寫完，他不敢上床。

「如果我的數學不好，這不能怪我笨，因為我只有十根手指頭。」他自我安慰的說：「這些題

目的數字都超過十，我不會寫是應該的。」

吉拉為自己找到理由之後，覺得可以去睡覺了。也許心裡不踏實，數學作業畢竟沒做完，他又坐回書桌前繼續算。

「多麼希望我變聰明，這樣我就可以解決這些數學題目。」他無奈的說著。

吉拉看著明亮的圓月，想到姊姊說過，只要向月亮仙子許願，再大的困難月亮仙子都能幫忙解決。吉拉想到這裡不由得笑了。

他才剛剛閉上眼睛，抱緊拳頭，準備許願時，一個聲音在耳邊響起：「我是月亮仙子，你有什麼願望，我可以幫你實現。」

吉拉睜開眼睛，看見一位發光的仙子，大約一個杯子大小，拍動著翅膀。

「真的！我許的願望可以實現。」吉拉認真的說：「我要變聰明。」

沒想到月亮仙子說：「『聰明』太抽象了，願望不夠具體，我無法幫你實現。」

「什麼才是具體的願望？」吉拉不明白。

「你的確不太聰明，不懂什麼叫具體？比如說書本、三明治、桌子、碗等看得到、摸得到的東西，都是『具體』。」

月亮仙子繼續說明：「只要是具體的願望說出來，就會從心裡掉出來。」

吉拉說：「我試試看。」

他許一個願望，希望立刻吃到剛剛出爐的麵包。奇妙的事情發生了，吉拉想的波蘿麵包，真的從心裡咚一聲掉出來。

吉拉又抱拳許願，心裡想要一台全新的腳踏車。他剛剛把手放下，腳踏車果然從心裡掉出來。

「哇！太奇妙了！」吉拉高興的說。

「很好！你已經知道怎麼具體許願了。」

吉拉再許一個願望，他在心裡想著：「我要一台全新的電腦。」電腦馬上從心裡咚一聲掉到桌子上。他高興極了，連忙向月亮仙子說謝謝。

「吉拉！數學作業寫完了沒有？」媽媽的聲音從樓下傳上來。

吉拉驚了一下，隨即鎮定：「寫好了！」

反正他不怕，只要許個願，作業馬上完成。

吉拉閉上眼睛許願：「我希望數學作業自己立刻寫完。」

「寫完？」月亮仙子說：「不行啦！『寫完』不具體，不能實現。」

吉拉重新許願：「那我現在變得很會算數學。」

「也不行啦！」月亮仙子又說：「『很會算』還是不夠具體，心裡是不會掉出『很會算』的。」

「那我希望數學變不見。」

「還是不行。『變不見』怎麼會是具體呢？」

吉拉又許了幾個願望，依然不夠具體，他的數學作業還是沒有完成。明天要交作業，這下慌張了：「怎麼辦啊！」

「對這個數學作業，我有一個具體的建議，你要不要聽聽看。」月亮仙子說。

「什麼建議？說來聽聽。」

「你別再許願了。乖乖的專心寫數學作業，我想這才是最具體的辦法。」

——原載二〇一二年十月二十三日《國語日報・兒童故事》

—編委的話—

王海薇：

一個小男孩不想寫功課，想請月光仙子幫他把功課完成，沒想到還得說出「具體的」願望才行，讓我不禁懷疑，這個仙子是假的吧？

陳冠伶：

現實生活中的小孩遇到作業就開始幻想，要怎樣才能不費力地完成作業？可是，無論怎麼樣，就像文章最後月亮仙子的建議：「乖乖的專心做作業，才是最具體的辦法。」

簡禎：

原來乖乖的專心寫作業，才是問題最根本、最具體的解決辦法啊！太有意思了！這篇故事充滿了童趣，實在是一篇值得推薦的好童話。

做功課

插圖／李月玲

林世仁

作者簡介

文化大學藝術研究所碩士，
曾任英文漢聲出版社副主編，目前專職創作。
作品有《魔洞歷險記》、《字的童話》系列、《換換書》、
《11個小紅帽》、《流星沒有耳朵》、《文字森林海》等卅餘冊。
曾獲金鼎獎、國語日報「牧笛獎」童話首獎、中國時報「開卷」年度最佳童書、
聯合報「讀書人」年度最佳童書等。

童話觀

童話，是用「童心的話語」所創作出來的幻想故事。
童心，是以「新鮮的眼光」來看這個老舊的世界。

小孩在做功課。

他本來應該寫：12＋12＝？

他卻寫成：12生肖＋12星座＝？

＝天下大亂！

十二生肖搶先騎上十二星座，玩起騎馬打仗。

十二星座抖下十二生肖，邊喊邊追，玩起官兵抓強盜……

小孩說：「我屬龍，巨蟹座。」

龍不高興了：「我高高在上，怎麼會跟小螃蟹同一國？」

巨蟹抬起頭，大聲抗議：「喂，我是大螃蟹，不是小螃蟹！」

龍伸出巨爪，巨蟹舉起大螯，天上地下追打了起來。

剩下的十一生肖、十一星座在旁邊下象棋、看報紙、喝果汁……

龍累了，吐著舌頭說：「小螃蟹，你怎麼這麼強？打不倒？」

巨蟹累得直喘氣，不認輸的說：「臭大龍，你怎麼這麼強？打不退？」

「那當然！」小孩可得意了：「你們都是我，我怎麼可能打贏我呢？」

小孩在做功課。
他本來應該寫：看見長輩，要問安，要問好！
他卻寫成：看見小螞蟻，要問安，要問好！
他蹲下來，找了好一會兒，才找到一隻小螞蟻。「你好！」
「你好！」小螞蟻好高興，立刻回禮說：「你是第一個向我問好的人，我要唱一首歌送給你！」
可惜，小螞蟻說的話只有螞蟻聽得到，唱歌也一樣。
小孩努力聽，什麼也沒聽到。
「嗯……我還是打個鼓給你聽好了！」
螞蟻就用兩根小鬚鬚在小孩的手掌心上敲啊敲、敲啊敲……
如果把那一長串輕輕的節奏翻譯成小小的字，那麼，就會變成下面這一行：
「嘻嘻，好癢！好癢！好癢……」

小孩在做功課。
他應該先抄下題目：晚上睡覺時，要不要打開窗戶？
他卻寫成：作夢時，要不要打開窗戶？
「當然要！」小孩高興的寫下答案。

啪！啪！啪……所有夢的窗戶一下子全都打開了！

毛毛蟲看到了毛毛雨的夢。

金魚看到了鯨魚的夢。

蝸牛看到了天牛、黃牛、犀牛的夢。

手機看到了吹風機、收音機、電視機的夢。

小草看到了大樹、白雲、藍天的夢。

小孩看到了爸爸、媽媽的夢……

　看到了爺爺、奶奶的夢……

　看到了月亮、太陽、星星的夢……

　再遠一點……再遠一點……

　看到了！看到了！

小孩看到了上帝的夢。

小孩在做功課。

他本來應該寫：蚱蜢的耳朵在腿上、青蛙的腳掌上有蹼、長頸鹿的脖子長。

他卻寫成：白兔的耳朵上有蹼、烏龜的脖子長、蛇的耳朵在腿上。

白兔生氣了：「我的耳朵上有蹼？我要蹼幹什麼？」

「嗯……」小孩咬著筆桿想：「……你可以用它來划水——還可以倒立划！」

「那我呢？我要長脖子幹嘛？」烏龜抗議。

「這樣很方便啊，流了汗，你就可以把頭伸進白雲裡，擦一擦！」

「那我呢？」蛇直立起來，氣得快爆炸了：「我又沒有腳，耳朵怎麼長在腿上？」

「嗯，這倒是個大問題……」小孩又咬著筆桿想：「有了！我來幫你加幾隻腳！」

於是，蛇就有了好多雙漂亮的腳，腳上還有漂亮的耳朵。

不止兩個耳朵喔，足足有一打那麼多！

蛇好高興，牠連天王星在外太空打個嗝都聽得見呢！

小孩還剩最後一道題。

他應該要造一個句子：如果……就……

他就這麼寫了：

如果能繼續這樣玩下去，做功課就一點也不可怕了！

——原載二〇一二年三月三日《國語日報・兒童故事》

陳冠伶：

用排比的方式寫小孩「玩功課」，內容天馬行空，充滿了幻想。情節有趣，讓同樣是小孩的我發出會心一笑。結局「如果能這樣玩下去，做功課就一點也不可怕了！」於我心有戚戚焉。

簡　禎：

若問我最喜歡這篇童話的哪一部分？我的答案是結尾。相信每位讀者都會跟我有一樣的感覺。能讓討厭、害怕寫功課的小讀者們改變根深柢固的看法，得到同樣的結論，這真是一篇成功的童話。

許建崑：

做功課，還是玩遊戲？簡直是頭腦體操，或者是想像力運動會。

零蛋考卷

插圖／許育榮

俞　芳

作者簡介

加拿大多倫多大學畢業，熱情活潑的寫作人。
從小住在童話堆砌的王國中，
現在也想把閱讀的快樂分享給大家，
希望大家都能感受到閱讀故事的幸福。

童話觀

考卷真是個令人喜歡又畏懼的東西。
考試更像零蛋考卷跋山涉水的旅程，高潮迭起，驚險萬分。
但沒有努力的耕耘，怎會有快樂的結局呢？
小朋友，準備好了嗎？
請繫好安全帶，一起出發尋找滿分考卷吧！

零蛋是一張被主人遺棄的國文考卷，卷子上頭印著老師用紅筆畫的圓圓的大鴨蛋，左角被陽台偷溜進來的小貓啃掉一個歪歪的小缺口。

哦！零蛋覺得自己真是醜斃了！

他靜靜的躺在角落，眼淚汪汪的盯著書桌上其他整齊乾淨的考卷弟兄們，心想：「既然主人不要我，那我不當考卷，去找真正的自我吧！」摀著臉，在周圍一群國文和數學考卷的痴笑聲中，乘著秋風滑出書房窗口，啪答啪答的飛上天！

剛出家門，一隻眼尖的老鷹媽媽發現飛在空中的零蛋，驚喜的兩眼發直。怎麼有這麼好的事？天上竟然飛著一顆大大的鴨蛋！

老鷹媽媽不多想，一個俯衝，張嘴猛咬。

「哇！救……」零蛋連救命也來不及喊，就被老鷹媽媽叼回家，當了小鷹的食物。飢腸轆轆的小鷹們擠在零蛋旁。喀滋！一口咬掉考卷上「禍從天降」四個字。喀滋！另一張小嘴又咬掉「霉運當頭」一詞。這下，零蛋嚇得哇哇大叫，趁著大風吹來，閉眼猛往巢外跳。喔！零蛋身輕如燕，順著大風居然又飛上空，只是身後拖著一列嘴饞的小鷹。啾啾啾——小鷹們掛在零蛋身上一擺一盪的，好似風箏的尾巴。

「好奇怪的風箏啊！」公園內放風箏的孩子們發現零蛋，指著天空驚叫。「風箏上寫著什麼，誰看的見？」

其他飄揚在空中的風箏爭先恐後的湊上前，也想看清零蛋紙上密密麻麻的小字。

「別推！別擠！」零蛋揮手狂呼，仍被蜂擁而上的風箏們撕破身上「噩運連連」和「一波未平，一波又起」兩個詞。

可是，倒楣事件還沒結束。旋繞在零蛋身旁的風箏繞了幾圈，不小心糾到線頭，連著零蛋全部纏成一團，變成一個大死結！

「救命啊！」風箏們失去控制，越飛越高，無論如何打不開死結。

「回來啊！」地上的孩子們追著風箏，跳上跳下，無論如何拉不回斷了線的玩具。

一名撿破爛的流浪漢聽見孩子的叫聲，抬頭向上看，驚呼：「乖乖我的媽！好大一件可回收垃圾！」

流浪漢，想賺錢，奮力一跳，搆著了線頭。「我拉住啦！」正在高興，一股狂風吹來，下一秒改口大喊：「救……救命！放我下來！」原來，流浪漢瘦骨如柴，也給拖上天！

這下子可好！一張鴨蛋考卷、迷路的小老鷹、斷了線的風箏和瘦骨如柴的流浪漢全都飄在天空中，好似一枚五花八門的活動看板。

「快叫消防隊！」地上的人喊。

「去找直升機！」

「把他們射下來！」有人出餿主意。

來不及了！只見，地上觀望的人群越變越小，再一眨眼就不見了……

飛行物飄過高樓大廈、山林、農田……天黑了，螢火蟲提著小燈籠，停在龐大的飛行物上歇腳。螢火蟲幽黃的燈光照亮零蛋卷子上「飢腸轆轆」和「無家可歸」兩個詞。所有飄浮在空中的人忍不住嘆一口長長的氣。

咻——！一架飛機恰巧與幽光閃爍的奇怪飛行物擦身而過。乘客們臉貼玻璃，瞪眼大呼小叫。「外星人！UFO！」

機長從椅子上跳起來，火速通知塔台：「UFO出沒！桃園上空出現不明飛行物體！」

國防部接到消息，飛快派出戰機和坦克。轟隆轟隆，不一會兒就包圍了飛行物。國防部長站在坦克上，用大聲公朝黝黑的飛行物喊話：「立刻減速降落！否則我們將展開攻擊！」

零蛋、老鷹和風箏們面面相覷，有苦說不出，只有流浪漢揮手狂喊：「救命！不要開槍！」

國防部長大吃一驚：「糟糕！他們挾持人質！快，發射大砲！」

砰一聲！砲火打中了不明飛行物，飛行物裂成七、八半，摔落到地面。

士兵們匆匆提著手電筒上前一探究竟，照了半天，只看見草地上坐著一名嚇破膽的流浪漢、飢餓的小老鷹、風箏碎片和一張零分考卷。

怎麼回事？士兵們想了一下，恍然大悟。原來剛才射下的是拼湊出的幻影。沒有ＵＦＯ！沒有外星人！

更沒有怪物！全是一場大誤會！

國防部長小心撿起零分考卷，唸：「樂樂國小五年五班王小明？」

國防部長沿著這條線索找到小明的家。

找不到考卷的小明正急得像熱鍋上的螞蟻，國防部長帶著考卷登門拜訪，小明又驚又喜：「發生什麼事……啊！我的考卷！」

小明趕緊掏出從小貓口裡搶回的考卷碎片，拼在零蛋身上，再拿膠帶一貼——

咦？零蛋瞪直了眼。

１００分？！自己身上什麼時候出現１００分？再仔細看，原本的0，加上左上方紙片的１０，加起來正是個完美的１００！

零蛋愣了愣，大笑起來，笑得全身都在顫抖。

哎喲！原來主人沒有不要他，是他自己胡思亂想，他可是一張滿分考卷呢！既然這樣，他還是回家安分的當考卷好了！不過這下得改名，不再叫零蛋考卷，而叫傻蛋考卷啦！

——原載二〇一二年八月二十二～二十三日《國語日報・兒童故事》

王海薇：

作者利用現代孩子們的思想，寫出了這個自以為被丟棄的考卷的故事，零蛋考卷難道只能被丟棄？一百分考卷就被保存？值得深思。

陳冠伶：

一張零蛋考卷從不同的角度來看，竟然有那麼多化身：老鷹媽媽當成鴨蛋；小孩看到的是風箏；流浪漢驚呼「一件可回收垃圾」；飛機上的乘客把它當成「外星人！ＵＦＯ！」。一篇有趣的考卷失蹤記，過程非常驚奇、誇張，充滿了天馬行空的想像。在考卷中出現的成語，剛好點出當時的情境，絕妙。

簡　禎：

一張零分的考卷因為覺得自己長得很醜，便離家出走，出外流浪，最後沒想到自己不是零分，而是一張滿分的考卷。作者想告訴我們，無論現況如何艱困，都不可以太早放棄自己，要對自己有信心，一定要堅持下去。

抽屜裡的舞會

插圖／李月玲

賴小禾

作者簡介

在小鎮出生與成長，在都市生活與工作。
正職為特教老師。覺得能與兒童及青少年相處是件愉快的事；
總是抱著無窮希望，相信當人與人更用心聽彼此說話、
接納別人與自己的不同，世界就會因此變得超級美好。

童話觀

隨時換個角度看事情，心情和觀察就會完全不一樣。
抽屜裡的祕密世界，可能也為你呈現了一個正在改變的世界……

你有沒有發現，好像每一次抽屜打開時，裡面都是亂的？這個問題，我想了很久都想不通；一直到有一天，我聽到抽屜裡，傳出了奇怪的聲音，我忍不住偷偷湊上去……

＊＊＊

「到底要等到什麼時候嘛！」一片漆黑和沉默中，唰地一道刺眼的白色光芒射進所有或是趴著、或是躺著的夥伴眼裡。一個小小的手電筒挺直起身子，用力地對大家叫著，連在他身上的那條鑰匙圈鍊子，也跟著索索地動了起來：「再不出去，我都老了！雖然我只是個路邊攤的便宜貨，但我可是一支不折不扣的手電筒，好用的很！我可不想就這樣慢慢廢掉。」

「你說得對。」旁邊的選舉原子筆也已經醒了：「當初只是因為助選員在街頭發紀念品，覺得不拿白不拿，就順手把我帶回家。結果擺了三個月，總共還寫不到兩個字，我就被丟進來了。」

「哪兩個字？」旁邊一團全身被揉皺的統一發票好奇的問。

「他的名字的前兩個字嘛。」選舉原子筆說：「然後我就不知道為什麼剛好斷水啦。」

「對呀，就是貪小便宜，覺得不要白不要，心想反正留著以後可以用。」趴在角落的零元手機也撐起身體：「結果還不是嫌我功能太少，一次也沒有拿出來用過。上次啊，他的手機泡水送修了，他也不記得我在這裡了，又去拿別的新手機來用，害我失望了好久。」

「大家的命運，好像都差不多。」旁邊上一期的超商公仔，也歎了一口氣，臉上那畫得大大的微笑線條，蓋不住聲音裡的一點點寂寞：「喜歡的時候很喜歡，拚命往超商跑買東西換點數，高高興興地把我帶回家。誰知道也過不了幾天就膩了，然後就順手往抽屜一扔，忘得一乾二淨。」

「是啊，說忘了，就好像什麼都解決了喔。」旁邊的一把鑰匙也輕輕地說：「我擔心他啊，該不會也早已經忘了，我要負責開的那個鎖頭，是哪一個了……那，我不就真的變得一點用也沒有了……」

「他上次打開抽屜是什麼時候？」一陣沉默之後，一塊缺角的橡皮擦說。

「上個禮拜吧。還是上上個禮拜吧。」超商公仔說。

「他說過他會整理吧？」統一發票說：「這樣我們也會有機會出去。」

「說啦，」只寫過兩張的便條紙說：「說了好幾次了。」

「到底什麼時候會整理？」被撕去一張的筆記本說。

「……」沒有人說話。

「別管他了！別管這件事了！」手電筒鑰匙圈突然跳起來：「快來跳舞吧！」

「好！好耶！」大家附和。

手電筒鑰匙圈開始賣力投射出各種光束：搖擺的、旋轉的、閃爍的，已經躍躍欲試的大家，更加興奮了！在零元手機大力放送的各種電子答鈴聲中，大家忍不住跟著別人輕快的腳步，加入熱舞的陣容中。

每個人都快樂地甩頭揮手、晃動身體、盡情尖叫，努力想甩掉鬱悶的心情，抽屜裡充滿了難得的歡樂動感氣氛。大家一個舞伴換過一個舞伴，一個小時又過了一個小時，「舞池」裡的溫度真是熱到不行。

「奇怪，怎麼都找不到筆呢……」忽然間抽屜被拉開了一條縫，一束自然光射進了抽屜，一個男孩的聲音說：「我的筆都跑到哪裡去了……」

大家瞬間凍結所有動作，來不及回到自己的位置，只能尷尬地就地倒成一團，你壓著我，我壓著你，沒有人敢出聲音。

「我……」只見選舉原子筆奮力從同伴「山」中爬出，疲憊而掛滿汗珠的臉龐卻發出興奮的亮光。在大家羨慕的注視中，他忙不迭向前滾動：「我在……這兒……」

但卡在一半的抽屜又關上了，連同選舉原子筆那一聲最後的吶喊：「別關——哪——」

「我想去！我想去！帶我出去！」抽屜又陷入黑暗，滾到半路的選舉原子筆，索性趴在地上大哭起來：「讓我寫字！讓我寫字！我是筆啊，我是一枝好筆啊！我不會再斷水啦！」

選舉原子筆扯著喉嚨哭了好幾分鐘，旁邊的同伴們也跟著難過起來。

「好了啦，別哭了，」手電筒鑰匙圈說：「我們還不是和你一樣。」

「我們都是有用的東西啊。」那把鑰匙說：「我們只是還沒被拿出來用。」

「快了啦，」統一發票說：「我保證，你一定是第一個被發現拿出去的。」

「他上次有答應他的媽媽說，他要整理了嘛。」筆記本說。

「對呀，他有說。」超商公仔也說。

「我記得是，嗯，下個禮拜天。」橡皮擦說：「對，就是下個禮拜天。」

在大家的安慰聲中，選舉原子筆總算止住了哭泣，疲倦不堪的他慢慢爬到角落，躺了下來，不一會兒就睡著了。睡夢中，他的嘴裡好像還模模糊糊地說著：「禮拜天，下個……禮拜天……」

＊＊＊

據我所知，抽屜裡像這樣的狂歡舞會，後來還辦了好幾次，一直到現在，還會在深夜不定時地舉行喔。

所以啊，難怪抽屜永遠是亂的，而且還常常卡住，對不對？

——原載二〇一二年九月十五日《國語日報・兒童故事》

—編委的話—

王海薇：

很多人的抽屜一拉開就亂糟糟的，我也一樣，但是這樣好嗎？充分的顯示出我們人類亂丟東西的壞習慣。文筆流暢，貼近我們的生活。

簡　禎：

抽屜裡很亂，原來是因為抽屜裡的東西在開舞會！太有創意了！作者把這些用品渴望被使用的心情，描述得既生動又有趣，是一篇相當有想像力的童話故事。

許建崑：

因貪便宜、好奇而買的東西，堆著一抽屜，有用卻沒被用的物品。真要用時，卻一件也找不著。想過這些被冷落東西的心情嗎？作者生動、充滿想像的傳達這些東西的心酸。

燈「龍」

插圖／許育榮

張淑慧

作者簡介

喜歡幻想關於身旁某人某物的故事，
國小有次邊幻想邊演了起來，嚇到身後的同學，
所以現在，改用寫的。
得過牧笛獎、教育部文藝創作獎、台中文學獎。

童話觀

童話世界藏在一個小箱子裡，
只要吃下魔法師用彩虹和星星變成的棒棒糖，
就能縮小身子爬進箱子裡。
記得很久很久以前，我曾進去過一次，
裡面真是……不說也罷，說了你也不會相信。

1. 燈「龍」

小偉站在已經空無一人的校門口等了二十幾分鐘，終於無奈的嘆口氣，接受媽媽又忘記來載他回家這個事實。

「就讓我直接走路回家不就好了？幹嘛說要來接我？還叫我不要亂跑！」小偉滿腹牢騷，肩上背著沉甸甸的書包，黏膩的汗水又湊一腳跑來浸濕他身上的白制服，再加上在炙熱的太陽底下走著，他開始覺得肩膀疼痛、眼冒金星、舉步維艱。

就在這個時候，突然有一顆火紅的圓球往小偉的方向墜落而來，有那麼一瞬間，小偉還以為是太陽掉下來了，幸好，砸到他頭頂的不是高溫火熱的太陽，而是顆燈籠。

「好……好漂亮的燈籠。」小偉驚嘆得蹲下身子，看著掉落在他腳邊的燈籠，削得又細又光滑的竹子組成它的骨架，玫瑰色澤的油紙緊實黏貼在骨架上，最美的是那隻在紅色油紙上，栩栩如生用金漆彩繪出來的龍。

小偉忍不住將燈籠撿了起來，仔細的欣賞……

「啊！好可惜！怎麼燒破了一個洞。」小偉將燈籠轉到背面時，發現燈籠的上方有個直徑約莫五公分大小的破洞，洞的邊緣是一圈焦黑，很明顯是火燒過的痕跡。

「可能是因為這樣，所以才被人丟掉的吧！」小偉心生同情，當下立刻決定要把這個被人遺棄的燈籠帶回家。

為了想買張跟燈籠油紙相同顏色的紙張回家修補燈籠，小偉花了好幾天的時間跑遍學校和家附近的文具店，但都因為價錢太貴而打退堂鼓。

皇天不負苦心人，幾天後，正當小偉在學校幫忙做資源回收時，突然在一堆等待回收的紙張中發現一張缺了一角的紅色棉紙，雖然那不是油紙，但是顏色和燈籠的玫瑰紅十分相似。回收工作結束後，小偉趕緊回教室將紅色棉紙小心翼翼的夾進國語課本裡。

當天晚上，小偉寫完作業，得到媽媽的允許後，他拿出燈籠小心謹慎的用刷子沾漿糊刷過破洞的邊緣，然後再將棉紙封住洞口黏上，最後再沿著黏住的邊緣用剪刀將多餘的棉紙剪下。

「大功告成！」小偉很滿意的看著他修補完成的燈籠，站在遠一點的地方看，幾乎看不出來有補過的痕跡。

「很久沒看過這種需要點蠟燭的燈籠了，媽媽小時候，每到元宵節的晚上，總會和舅舅、阿姨一起提著這種燈籠到外面探險呢！」媽媽懷念的說著並遞給小偉一小根紅色蠟燭。

小偉接過蠟燭，小心的點燃它，然後滿懷期待的將燃燒中的蠟燭放置在燈籠的底座上。霎時間，燈籠彷彿有了生命般的燦亮起來，小小的火焰在燈籠中輕輕的左擺右晃，好像十分開心地在燈籠裡踩著輕快的腳步跳著舞似的。

「媽，我可以提著燈籠到外面走走嗎？」小偉著迷的看著散發著溫熱光芒的燈籠，

和燈籠上那隻似乎快騰空飛起的金龍。

「去吧！但是別走太遠。」媽媽眼底含笑的看著提著燈籠興奮不已的小偉，似乎也看到小時候穿著厚重外套，嘴巴吐出白白的霧氣，提著燈籠迫不及待要往外跑的自己。

小偉滿心歡喜的提著散發溫熱光芒的燈籠，雀躍的走到屋外的空地上，東走西瞧瞧，黑夜在燈籠的照射下變得格外的不同，增添了幾分浪漫、些許歡樂。

「怎麼這麼熱？」突然出現的低沉說話聲嚇了小偉一跳，小偉轉頭看看周圍，沒看到半個人影。

正當小偉以為是自己幻聽時，忽然看到燈籠上的金龍擺了擺頭，然後從燈籠上一躍而起，飛到半空中。小偉張大嘴巴，吃驚的看看沒有龍的燈籠，再看看飛到他頭頂的金龍，嚇得連呼吸都快忘了。

「是你修補燈籠的嗎？」飛在半空中的金龍看著小偉問。

「是……是……」小偉結結巴巴的回答。

「補得還真難看，這應該是有史以來補得最難看的一次了，竟然還能召喚我出來，看看這張紙，簡直像是從垃圾場裡撿回來似的。」金龍繞著燈籠飛了一圈，露出非常不滿意的表情。

小偉紅著臉，低著頭看著他補好的燈籠。

「算了！你一定是用了真心修補了這個燈籠，說吧！你有什麼夢想希望我幫你實現的？」金龍頭仰的高高的，趾高氣揚的問。

「什……什……麼？」小偉囁嚅的問。

「真麻煩，每次都得解釋一次。我是燈『龍』，要記住，不是籠子的籠，是飛龍的龍。我的主人叫晴晴，五百多年前她製作我的時候還只是一個十二歲的小女孩。」燈龍的眼神望向遙遠的東方，似乎在緬懷誰似的。

不久，燈龍將視線拉回小偉身上，接著說：「我的主人是個很厲害的人，她六歲時就會做燈籠，十歲時不須打草稿就可以畫出許多維妙維肖的圖畫，她一直有一個夢想，就是希望能為皇帝製作出一個可以萬古流傳的燈籠。不過，在當時，根本不可能允許一個女生為皇上製作燈籠。我的主人在十六歲那年，就被父母安排嫁人了，從此她的雙手被限制只能為柴米油鹽忙碌，不可以繪圖，更不能做燈籠，一直到她過世為止都是如此。」

「哪有這種事？」小偉為素未謀面的女孩抱不平。

「我答應過我的主人，會盡一切努力幫助這世上所有有志難伸的人完成夢想，而到目前為止我也已經幫助過不少用真心修補過燈籠的人實現夢想了。所以，現在，說吧！你的夢想是什麼？」

「我？」小偉暗自竊喜，沒想到神話故事中的好事竟然讓他給遇上了，一定是他好心有好報的結果，怕燈籠過不久就會消失，所以他趕緊說：「我希望可以當『第一名』。」

「知道了，我會盡全力幫助你實現夢想的。」燈籠說。

2. 逐　夢

三天後，小偉坐在書桌旁，邊擦眼淚邊擤鼻涕可憐兮兮的說：「我不要當『第一名』了啦！」

「為什麼？」燈籠冷冷的問，他最討厭隨便就放棄夢想的人了，想當年他的主人是多麼的努力卻還是無法完成夢想啊！

「太辛苦了！你不是說要幫我完成夢想？為什麼我還要拚命讀書、寫練習題？」小偉哭得委屈，他好想到外面玩啊！

「我是在幫你啊！不然你以為這些練習題從哪來的？」燈龍用龍爪抓起小偉書桌上厚厚的一疊練習卷。

「你不是應該對我施展個什麼魔法，然後我就可以考第一名了？」

「我是燈龍，又不是神仙，更何況你沒聽說過『天助自助者』嗎？看你這麼痛苦的樣子，我想『當第一名』根本就不是你的夢想。」

「誰說的，我是真的很想當第一名啊！」

「連我都知道，人類是一種為了要實踐自己的夢想可以『衣帶漸寬終不悔』的動物，你才唸個兩天書就哭著說要放棄，所以『當第一名』根本就不是你的夢想。你再好好想想，有什麼事是你即使犧牲玩樂時間也會想要努去完成的？」

小偉抹了抹淚水用剛哭過的聲音沙啞的問：「我想想，就算是犧牲玩樂時間也會想完成的事嗎？」

「想清楚啊！這次可不要再搞錯了！」燈龍明顯不快。

小偉實在想不出自己有什麼事是就算犧牲玩樂時間也想要完成的，於是他反問燈龍：「那你呢？你的夢想是什麼？」

「我的夢想？」燈龍完全沒料想到小偉會這樣問。

「是啊！你一直在幫助別人實現夢想，那你的夢想實現了嗎？還是你跟我一樣，根本就搞不清楚自己的夢想是什麼？」

「誰跟你一樣？」燈龍從鼻子吐了吐氣，十分不屑的說：「我可是有個講出來會讓你佩服得五體投地的夢想。」

「是什麼？」

「我想成為廟宇前的盤柱青龍。」

盤柱青龍？小偉想到之前和媽媽到廟裡拜拜時看到盤繞在石柱上雕工精細的石龍，雖然頗具威嚴令人敬畏，但靠近他們時卻又讓人感到十分親切，於是他說：「這個夢想真棒，為什麼你不去實現你的夢想？」

「因為我忙著要幫助別人實現夢想。」

「喔……」小偉想了一下，然後似乎豁然開朗的說：「太好了！現在我知道我的夢想是什麼了。」

「是什麼？」

「幫助你實現夢想。」

「什麼？」燈龍非常驚訝的看著小偉。

「我說，我的夢想就是『幫助你實現你的夢想』。」

「你以為要成為盤柱青龍很簡單嗎？你知不知道，因為我們燈龍的體型太小，必須吃很多的食物把自己養大養壯才能擁有盤柱青龍的體型，而燈龍的食物是火的光芒，可是我每次只能吃到小蠟燭所燃燒出的微弱光芒，連吃飽都快成問題了，更別提變壯了。

而且，就算體型符合了，還得要練就呼風喚雨的本領才有資格申請，申請到了，還要等盤柱青龍有空缺才能有機會遞補上去。」

「食物這件事我可以幫你。」

「我一點也不敢指望你的三分鐘熱度。」

因為媽媽不准小偉隨便點火，所以小偉沒辦法自己幫燈龍製造食物，因此只好趁著媽媽煮飯時提著燈籠進廚房，卻被媽媽責備說不可以將易燃物帶進廚房；後來，他只好到處找抽菸的人想讓燈龍吃香菸燃燒時的小亮光，結果被燈龍咆哮：「難道你想害我吸進去一堆尼古丁嗎？」

小偉發現燈龍還真不是省油的燈，竟然連香菸有尼古丁都知道。

有天晚上，小偉正在苦思要怎麼幫燈龍時，燈龍飛過來問他：「忙了半天，結果什麼進展都沒有，你不會覺得很挫折、很想放棄嗎？」

「不會！就像愛迪生講的，至少我又發現了一樣行不通的辦法了。」

燈龍點了點頭後說：「雖然真是個怪夢想，不過，你真的找到你的夢想了，任何挫折都打不倒。你盡力了，雖然沒能實現夢想，也別太在意了。」

「誰說沒能實現？我已經想到一個絕妙好計了，從明天開始我們每天都要去附近的寺廟。」小偉得意的說。

「做什麼？」

「我實在太佩服我自己了！寺廟裡不是有燒金紙的金爐嗎？我看過我媽媽燒金紙，那裡面旺盛的火焰肯定可以讓你長得又高又壯。」

起初，去寺廟的計畫頗為成功，燈龍確實漸漸長大了，直到有一次，小偉提著燈籠接近金爐爐口時，火舌突然竄出，小偉閃避不及，燈籠因此被火舌吻到，雖然小偉立刻將火撲滅了，但是燈籠已經被燒毀一大半了，而燈龍的尾巴也被燒掉了。

回家後，小偉趕緊點亮燈籠，想看看燈龍是否有受傷，可是等了很久，燈龍都沒有飛出來。

內疚外加擔憂使得小偉淚眼婆娑：「燈龍，對不起，我真的不是故意的，你有沒有受傷？請你趕快出來好嗎？」

四周除了小偉的啜泣聲之外，一片靜悄悄的，等不到燈龍的回應，小偉越哭越大聲：「哇……」

「很吵耶！不要再哭了！我的尾巴被燒掉了，太丟臉了，我不想出去。」愛面子的燈龍悶悶的說。

聽到燈龍的聲音，小偉終於破涕為笑：「對不起，我會想辦法修補你的尾巴的。」

「不！拜託你！別再想任何辦法了……」燈龍害怕的說。

3. 犧牲

就這樣有好一陣子，小偉不敢再出任何餿主意了，燈龍也一直不願意現身，直到有一天……

「燈龍！燈龍！」小偉一放學就立刻著急的跑回家找燈龍。

「幹嘛？」燈龍還是悶悶的，不願意飛出來。

「今天我們老師說，熱帶雨林發生森林大火了！」

「怎麼會這樣？」燈龍瞬間變得憂心忡忡。

「你經常跟火相處，知不知道有什麼辦法可以快速的滅掉森林大火？」

「恐怕是沒辦法了，除非……」

「除非什麼？」小偉急切的問。

「我除了會吃火燃燒時的光芒之外，其實也有吞火的能力，不過，因為我的身體是畫在紙上的，吞了火，我也會被焚燒殆盡。」

小偉不希望燈龍犧牲自己去滅火，所以趕緊說：「聽說有許多國家都已經出面要來解決這個問題了，我想，大火應該很快就會被撲滅了。」事實上，森林大火來得又猛又烈，短時間內要撲滅是不可能的事，這對地球生態來說是個很嚴重的浩劫。

「小偉，我活的夠久了，也很想念我的主人晴晴。」

「不要亂講話，我可以做你的新主人。」小偉快哭了。

「這下可好，就算我沒去救火，也可能會被你燒個精光。」

「我說過我會想辦法修補你的尾巴的！」小偉嘶吼。

「你說過，要幫我完成夢想，現在，去救火就是我的夢想。」

「才不是，成為盤柱青龍才是你的夢想。」

燈龍沒再爭辯什麼，他終於再度飛出燈籠外，因為少了尾巴，他飛起來有點搖搖晃晃的。他看著小偉揶揄的說：「別太嫉妒我，我要比你這個傢伙更早完成我的夢想了，至於你想要的第一名，我看還得等很久。」

燈龍說完，就往南方的天空飛去，從此就再也沒飛回燈籠。

隔天的新聞用「奇蹟」兩個字來形容森林大火突然間的消失，可是只有小偉一個人知道，那不是奇蹟，那是燈龍犧牲性命換來的，小偉覺得很不甘心，燈龍為了大家犧牲了，但是除了他之外，卻沒有半個人知道，當然也沒有人感謝燈龍。

後來，救火的情節小偉只能靠自己想像，他想像燈龍孤身拖著沒有尾巴的身體吃力的飛到了雨林，然後拚命的張大了嘴巴吸進了熊熊烈火，他邊吸火焰身體邊燃燒起來，但是他還是繼續拚全力的吸，深怕在身體被燃燒完之前來不及把火焰全部吸走，直到他吞下了最後一口火焰，他的嘴巴也隨之灰飛煙滅了。

十幾年之後，小偉終於得到了第一名，他在國際發明展中展示自己研發出來的「快速滅火粉末」，讓許多專家折服了，拿到了金牌的殊榮。

小偉光榮回國後，跟媽媽去廟裡拜拜，要感謝神明保佑他拿到金牌。當小偉拿著一炷香虔誠的謝天時，突然聽到外面有個小朋友大聲的問：「爸爸！這根柱子上面的龍為什麼沒有尾巴？」

小偉聽到後馬上衝到外面看，然後，他笑了，是真的，石柱上雕著一隻巧奪天工但尾巴部分卻被一朵祥雲給擋住的龍，乍看之下的確會讓人誤以為那隻龍沒有尾巴。這隻龍跟其他的盤柱青龍一樣的威嚴；一樣的極具親和力，更棒的是，他的一雙眼睛有著跟燈龍一樣喜歡取笑小偉的眼神，似乎正在說：「看吧！你果然讓我等了很久才拿到第一名。」

燈龍是怎麼變成盤柱青龍的？那又是另一個關於愛和努力的故事了……

本文獲第二屆台中文學獎童話類第二名

—編委的話—

王海薇：

果然夢想還是要靠自己努力實現，第一名不可能突然就成為你的。這篇故事情節豐富，有頭有尾，又有趣。

陳冠伶：

這是一個幫助別人完成夢想、自己也實現夢想的故事。燈龍為了撲滅森林大火，犧牲自己的性命，終於成為廟宇前的盤柱青龍。小偉因為經常想像燈龍滅火的過程，最後研發出「快速滅火粉末」，也如願得到自己想要的第一名。小偉和燈龍的對話和互動很溫馨、有趣，也提到了讓夢想實踐的具體辦法：「天助自助者」，為了實踐夢想可以「衣帶漸寬終不悔」。

簡禎：

這是一個小男孩和燈龍相遇、相知的友情故事。作者把燈龍和燈籠的外觀描述得非常詳細逼真，就好像燈龍和燈籠真來到你眼前一樣，栩栩如生。這個故事更有一個相當令人好奇的結局，究竟燈龍是怎麼變成盤柱青龍的呢？那就要靠你自己發揮想像力去思考囉。

健忘膠水

插圖／李月玲

李瓊瑤

作者簡介

從小就是個對文字著迷的人，
長大後自然而然把堆砌文字當成休閒娛樂。
創作當下充滿快樂、得獎時充滿快樂、
有人閱讀自己的作品更是快樂的極致。
我的人生就在這個快樂的輪迴中，至今不可自拔。

童話觀

童話就應該是讀了第一段之後，
就立刻想讀完全篇的一種作品。
它必須充滿創意，讀來輕鬆有趣，
而且能滿足現實世界中無法實現的幻想。

阿呆其實並不呆，不但不呆，相反的他還很聰明，是一個天才發明家。他的名字之所以叫阿呆，是因為他很健忘，常常忘了帶東西出門，又常常忘了把東西收到哪兒去，鬧出了不少笑話，所以大夥兒才叫他阿呆。

上星期阿呆到學校上課，進到教室以後才發現自己忘記帶書包，不過這種事已經不是第一次發生了，他早就發明了相關設備，用來解決這種窘境。阿呆拿出手機，打電話給他的書包，書包內建的晶片接收到阿呆的指令，立刻像變形金剛一樣，變身成一台遙控車，三兩下就開到教室裡來。可是當阿呆打開書包，準備交作業的時候，書包裡面除了鉛筆盒，什麼東西都沒有。阿呆望著空蕩蕩的書包，這才想起昨天寫完作業後，又忘了把作業收進書包裡了。

阿呆敲敲自己的頭，笑著說：「我真是阿呆，剛剛根本就不用呼叫書包過來。」阿呆再度拿起手機，打電話給他的作業，作業內建的晶片收到阿呆的指令後，立刻攤開書頁，像海鷗飛翔的模樣，「噗噗噗」地振翅飛進教室來。

阿呆發明了許多種類的晶片，除了讓書包變形成遙控車、讓作業變形成海鷗，還有讓鞋子變形成滑板、讓鉛筆變形成飛箭、讓手帕變形成魔毯……簡直可以組成一套晶片系統。原本阿呆覺得晶片這類發明，已經可以徹底解決他健忘的困擾了，哪想到昨天發生的一件事，讓他徹底覺悟到——晶片不是萬能。他得要有更劃時代的發明才行！

事情是這樣的：昨天阿呆班上進行游泳教學，一開始同學們都游得很開心，哪知道結束課程上岸後，男生更衣室裡忽然傳出一陣騷動——有一件內褲失蹤了！奇怪，內褲這種東西應該是一人一件，除非有人游完泳後拿了兩件內褲去穿，否則怎麼會少一件內褲呢？但這又不可能啊，誰會一次穿走兩件內褲，自己還不知道的，如果說有人早上忘了穿內褲來上學，那還有可能一點。

忽然，全班同學都把目光轉向阿呆，阿呆在同學們凌厲的目光掃射之下，不禁後退了一步。他有點心虛、有點結巴的說：「我……我早上有穿內褲啦！」真的嗎？阿呆自己都有點不確定。

「既然你說身上穿的那件是你的內褲，那上面一定有你的晶片囉。你現在就叫你的內褲變形一下，證明你說的是真話。」同學們立刻開口要求。

這……阿呆有點為難，因為他從沒在自己的內褲上面加裝晶片。一來，忘記穿內褲這種事情，雖然常常發生在阿呆身上，但反正內褲是穿在外褲裡面，就算忘記穿也不會被發現，何必大費周章召喚內褲到學校來；二來，內褲這種私密的東西，再怎麼變身還是看得出是一條內褲，要他的內褲像隻花蝴蝶一樣，招搖過市的飛到學校來，豈不是讓全鎮的人都看光光，這叫不打自招，他以後還要不要做人哪！

「我的內褲不會變形，它上面沒有晶片啦！」阿呆急了，緊緊抓住自己的內褲，就怕同學硬要把它剝下來。

那件事情後來驚動了體育老師，最後是體育老師到訓導處的失物招領區，拿來了一

訓導處
失物招領

件無主的內褲，才解決了一場紛爭。雖然同學都很好奇，是誰會把內褲遺失在學校，但是既然有褲可穿，大家也就不多計較了。

這件事情促使阿呆發明了「變形晶片」的進階版「健忘膠水」，如果說變形晶片是治標之道，健忘膠水就是治本之方。任何人只要在身上塗上健忘膠水，應該帶的東西就會按照時間，自動黏到身上來，根本就不必花精神去記憶。既然不會忘記帶東西，當然就不需要讓東西變形跑過來啦。

阿呆今天出門前，先在全身塗上健忘膠水，果然衣服、褲子、鞋子、襪子、書包、作業等，自動在他出門前，一樣樣撲到他身上黏住，阿呆慢條斯理的把這些物品一一穿戴整齊，從從容容的出門上學去，進了教室後一樣東西也沒少，完全不需要拿出手機來呼叫。同學們看見阿呆不疾不徐的模樣，全都發出了「哇！」的驚嘆聲。阿呆居然不健忘了，這是多麼不可思議的事情呀！

阿呆在同學們驚佩的目光中，開心的過了一天，到了放學時，臉上還掛著得意的笑容。只是當放學的隊伍經過訓導處走廊時，一件令人訝異的事情發生了。不知道為什麼，訓導處的失物招領箱忽然劇烈晃動，箱子裡混雜在一堆雜物中的許多抹布，忽然掙脫各種雜物的壓制，一一從失物招領箱的圓形洞口飛出，直撲阿呆而來。

所有人都被這突來的變化嚇呆了，待在原地一動也不動，只見那些抹布像受到強烈的萬有引力吸引，一條條的黏在阿呆的屁股上，總數大約有二、三十條。同學們這時定睛一看，阿呆屁股上的哪裡是什麼抹布，根本就是積了許多灰塵的各色內褲，上面還印著鮮豔可愛的卡通圖案。

「走開，不要黏著我，我不是你們的主人啦！」阿呆像火燒屁股一樣，一邊繞圈子逃竄，一邊用力撥掉屁股上的內褲。阿呆自己心裡明白，那些內褲肯定是自己以前上游泳課時，遺忘在更衣室的內褲，但眼下眾目睽睽，他怎麼也不能承認那是自己的內褲啊！

這時班上最可愛的女生小花走過來，想幫阿呆的忙。小花伸手扯掉了阿呆屁股上的一條內褲，內褲上還印著派大星的呆臉，小花「噗嗤」笑出聲來：「阿呆，這派大星的呆臉長得跟你好像喔！」小花的話才說完，手上的內褲又受到健忘膠水的吸引，「啪」地一聲黏回阿呆的屁股上，惹得全班哄堂大笑。

事到如今，除非阿呆願意當眾脫下褲子，把屁股上的健忘膠水洗乾淨，否則這二、三十件內褲，是註定要跟著阿呆回家了。阿呆雙手捂著屁股，滿臉通紅的想說些什麼補救，但說來說去還是那句：「這些不是我的內褲啦！」

變形晶片和健忘膠水，究竟哪個發明好些，唉，這實在很難說得清楚啊……

——原載二〇一二年十月十五日《國語日報・兒童故事》

一編委的話一

王海薇：

一開始看到的時候，覺得這簡直是在寫我嘛！一個健忘的小孩，迷糊到連內褲都忘了穿，儘管發明了健忘膠水和變形晶片，還是不能幫他解決問題，真傷腦筋！

陳冠伶：

再怎麼厲害的膠水、晶片，還是不如改掉健忘的毛病實在。為了解決健忘的毛病，阿呆花了很多心血發明晶片、健忘膠水，健忘的問題沒有獲得改善，反而讓自己出醜。聰明用在不切實際的地方，只會製造更多的問題。情節很誇張，爆笑。

簡　禎：

這個故事不只有趣，而且非常好笑。我覺得作者是要告訴我們，再怎麼厲害的膠水晶片，還不如把健忘的毛病改掉，不然還是會鬧出許多笑話。

卷三

人間有情總相遇

中秋月亮要出租

插圖／李月玲

周姚萍

作者簡介

兒童文學工作者，創作童書也翻譯童書。
創作的作品有《日落台北城》、《台灣小兵造飛機》、《我的名字叫希望》、《山城之夏》、《會笑的陽光》、《妖精老屋》、《周姚萍童話——收集笑臉的朵朵》等。

童話觀

石頭會說話；風兒、樹兒會合唱；
當人們因為忙碌而忘了抬頭看月亮，
月亮會感到很悲傷……
童話，就是這樣一種讓人們明白「萬物皆有情」的魔力故事。

中秋節快到了，但月亮一點兒也開心不起來，因為除了平日注意到他的人愈來愈少之外，就連中秋節，賞月的人也愈來愈少了。月亮愈想愈難過，甚至有些生氣，於是對雲朵們說：「中秋節那天，我乾脆躲在你們背後，別管到底有沒有人賞月好了。」

雲兒們都說：「如果你真的想躲起來，我們一定幫你。」

旁邊卻有顆星星說道：「與其躲起來，不如……來出租中秋月亮好了。」

「出租中秋月亮？」月亮和雲朵都很驚訝。

那顆星星一閃一閃，一邊說著：「對啊！躲起來多無趣！還不如發出免費的出租邀請，在中秋節那天拜訪想租月亮的人，看他們希望月亮為他們做些什麼。」

「不錯耶。」

「好點子。」

於是，一些星星們飛往動物的耳邊，低語著這個特別的消息，想租月亮的動物，可以用口頭預約。另一些星星則在雲朵上排列成文字，呈現了出租消息和預約方式，並有如天空發散的傳單般，飛往城市、山林、田野；發現這奇特傳單的人，若想租月亮，就按下「傳單」上的唯一那顆不亮的星星直到發亮為止。

結果，出租的預約一下就排滿了。

中秋節到了，天色一暗，月亮就先趕往南極。原來，第一個預約租月亮的，是企鵝，他們剛好要在這晚舉辦「愈夜愈美麗滑冰大賽」，原本還擔心雲層如果太厚，比賽場地的光線會太黯淡，這會兒，卻能將月亮親自邀請來充當最美、最閃耀的燈光。

比賽就要開始了，圓圓的中秋月停在冰雪懸崖上。映照著冰雪的月光，美得如夢似幻，企鵝們頻頻欣賞、稱讚，直到司儀宣布比賽開始，才將注意力轉到會場。

比賽開始後，月亮將自己變成聚光燈，籠罩著參賽者；參賽者優雅的滑冰時，月光就散發出柔和美麗的光芒作陪襯；當參賽者用逗趣的步伐滑冰時，月光也跟著有節奏似的閃閃爍爍……

比賽結束時，月亮更縮小並蹦到場中滑起冰來，並邀請所有企鵝們一起來。圓圓的月亮呈曲線的滑呀滑，企鵝們一會兒跟著他，一會兒閃開他的滑呀滑，真是好玩又刺激。

出租給企鵝後，月亮趕往一個小山城，那裡有個只有一位成員的「月光雜耍團」作了預約。月光雜耍團走遍山村小鎮，為的就是帶給偏遠地區、缺少娛樂的孩子們，一些有趣的演出。它是個不插電雜耍團，每次演出主要都藉著月光，所以團主一知道能夠租月亮，立刻就預約了。

當月亮來到山城的雜耍團，孩子們不知有多興奮呢，紛紛圍著月亮又摸又嗅又聞。

團主請月亮充當圓形大鏡子，開始了演出。騎獨輪車、變魔術、跳舞……所有的表演同時都映照在月亮上，即使是那些擠不到最前面的孩子，也可以看得非常清楚。

演出最後，月亮還調皮的變小，跳到團主正在耍弄的扯鈴繩索上，跟著扯鈴忽溜一聲滑上去，忽溜一聲滑下來，忽溜忽溜繞呀轉啊，讓孩子們又是拍手，又是大叫，又是歡呼。

演出畫上完美句點後，月亮又趕赴很多個預約，其中有猴子醫生想租月亮當手術燈，到漆黑山洞幫出不了洞的胖龍拔牙；有魚群想租月亮在海底開月光晚會……

於是，原本打算孤單落寞過中秋節的月亮，竟忙碌得

不得了。第二天晚上，月亮還因為太累，遲遲才從雲層後微微露出臉來，並意外的發現——咦？地上怎麼有好多人高高的抬起頭在找月亮啊！

雲朵們對月亮說：「昨晚還是有人想賞月，卻找不到你，因此伸長脖子拚命找，而這些人身邊的朋友最後也幫著一起找。沒想到他們連今晚都繼續找不停呢！」

月亮聽了，趕緊飛到雲朵前，並散發出最美最美的光芒。

——原載二〇一二年九月二十九日《國語日報・兒童故事》

—編委的話—

陳冠伶：

中秋月亮是我們所熟悉的，讀起來有真實感。因為時代的改變，賞月的人變少，讓月亮難過。可是朋友的好心建議，反而讓月亮有了意外的發現與收穫。只要心態、角度改變，就能發現世界美好的那一面。

簡　禎：

主題很特別，它不只與傳統節日結合，更奇妙的是，竟然有中秋月亮要出租，真有創意。作者把月亮的美描述得非常細膩，很吸引人，真想租個中秋月亮來看看。

許建崑：

「出租」的題材常出現，友情、時間、快樂，都有人寫過，但還沒有人想過月亮要出租。寂寞的月亮在星星建議下，貼出租賃訊息。一下子，預約的人就滿了。

曇花的月光舞會

插圖／Kai

鄭淑芬

作者簡介

從事插畫＆繪本創作，也是兒童美術教師。
繪本出版品：《塞車》、《小黑對不起》。

童話觀

寫的人很快樂。
看的人也快樂。

花精靈住在花蕾裡，像冬眠一樣沉沉的睡著，直到花朵開始綻放，花精靈才從沉睡中甦醒。花精靈會停留在花朵身邊一段時間，也許幾天，也許幾小時。它能讓花朵保持美麗，可惜精靈不久就會像泡沫般消失，花朵也就漸漸枯萎了。

聽說看到花精靈會帶來好運。每當花季總有許多人到公園賞花，大多都是為花精靈而來。花朵覺得能夠吸引目光得到讚美是一件榮耀的事，所以都爭搶著綻放，期望自己能成為鎂光燈的焦點。這時，平日安靜的公園被彩色花海裡的歡笑聲和快門聲，襯托的十分熱鬧。

只有角落裡的曇花，形影孤單。人潮來來去去就是沒有人為她停留，她嘆氣的說：「唉~誰叫我在晚上開花呢，而且，才開個幾小時……」

天色漸漸暗了，月亮已高掛在天空，星星也閃耀了許久。算算時間曇花早該開了，

卻遲遲沒有動靜……原來，曇花無精打采的垂著頭，對著空曠的公園喃喃自語：「反正也沒有人會來，花要開給誰看呢？」

「給我給我！」突然，黑暗處冒出這句話！接著，幾隻昆蟲陸陸續續從草叢蹦出，昆蟲們說：「今天白天人好多啊！我們差點被踩死，躲都來不及了！什麼花呀、精靈啊，都沒看到！」蜜蜂說：「我被許多手趕來趕去，到現在還頭昏眼花哩！」蝴蝶說：「我也很慘，到哪都被小朋友追來追去的……累死我啦～」「我們都好想看看曇花和花精靈啊！」昆蟲們齊聲央求。

這時，月亮和星星也說話了：「我們這些大夜班工作的從沒機會賞花，更沒看過花精靈，好希望你能讓我們一飽眼福啊！」

曇花好安慰，原來還是有人期待她的。

曇花吸了一口氣，緩緩的將花瓣撐開，透明的花瓣在月光下像極了芭蕾舞裙。精靈也翩翩起舞，大家一起享受這一場美好的曇花月光舞會。

——原載二〇一二年三月《小典藏》第九十一期

王海薇：

青菜蘿蔔各有所愛，就算只是曇花一現，並不表示沒人愛啊！

陳冠伶：

花季時，來了很多人賞花，到了夜裡人群就散掉。曇花本來自暴自棄，覺得沒有人會欣賞她，幸虧有小昆蟲、月亮、星星的鼓勵，才沒有喪失信心。勵志型的故事。主角是夜間開花的曇花，畫面想像起來更美麗。

許建崑：

花展的變奏曲，為無法在陽光下出現的曇花和昆蟲們，爭取到演出的機會！

阿喔的聚會

插圖／許育榮

翁璽晴

作者簡介

我出生於金門，高中畢業後到台北繼續升學，
往後便在台北住了下來，從此變成了每年到金門過冬的候鳥，
只是停留的時間短了許多。
「即知即行」是我的人生座右銘。愛寫作、看書和看電影。
目前發表的文章以散文及童話為主，
除刊登於報章，也曾獲2011年浯島文學獎散文組佳作。

童話觀

我愛閱讀，肇基於兒時看的第一本童話故事──《美人魚》。
這場美麗的邂逅讓我從此愛上閱讀，不但擴展了我的視野，也豐富我的生命。
童話是如此貼近孩子的心靈，充滿飛越的想像，
多采多姿的內容，最能吸引孩子好奇探索的心；
而一本本童話就像一位位小天使，用孩子看得懂的語言，
引領孩子經由閱讀，打開世界之窗。

小老鼠阿喔是個孤兒，細長尾巴不算的話，就只有六公分大小。牠好奇又頑皮，說話少不了的口頭禪是「啊」和「喔」，因此大家就叫

牠「阿喔」。如果你要拜訪阿喔，得到金門珠寶巷一號的老三合院碰碰運氣。那家的冰箱下有個卡住的接水盒，是牠隱密的堡壘。

阿喔剛搬來不久，人生地不熟的，一聽說每個星期日的午夜十二點，在鄰居雜物間的破紙箱裡，有個讓老鼠開會和玩樂的「鼠不盡俱樂部」，立刻就加入了。今晚是阿喔第一次到俱樂部，抱著幾粒花生當禮物的牠，羞澀又興奮。老鼠們都到齊了，有一隻大老鼠坐在花布上，毛色略為灰白，耳朵有點捲，大家都叫牠捲耳爺爺，捲耳爺爺慈祥的問阿喔：

「歡迎加入我們！新家住得習慣嗎？」

阿喔想起天濛濛亮，喜鵲就停在三合院的屋簷盡情歌唱，幾隻小麻雀飛到天井的紅磚地，逍遙自在的邊唱邊跳，邊跟同伴吱吱喳喳的聊天兒。阿喔總在悅耳的鳥聲中醒來，開心的跑到木門下的缺角往外看，正好趕上晨光撒落屋頂，映照出紅磚瓦溫潤的光澤，那片猶帶水氣的光影，不一會兒又挪移到天井鋪設的紅磚地上，地磚隙縫間的小草伸伸懶腰，等待陽光烘乾昨夜的濕氣。

三合院裡有九十歲的奶奶，她唯一的消遣就是看電視。白天阿喔總待在接水盒裡陪奶奶聽一天的電視，有

時也好奇的鑽出來看兩眼，幸好奶奶對阿喔很友善，就算牠站上小餐桌探頭探腦，奶奶也只是微笑的看牠一眼，乖巧的阿喔會識相的回到自己的窩。三合院裡的光陰總以慢板滑過，一如奶奶緩慢的移動，只有奶奶的兒女來看她時，節奏才隨著熱鬧的人氣換成快板，不過阿喔喜歡這樣寧靜無華的生活。

想到這些，阿喔笑了，牠說：「啊住得習慣，我很喜歡喔。」捲耳爺爺也笑著點點頭。阿喔突然想到：

「啊！昨天我家來了兩個客人喔！」

老鼠們立刻雀躍騷動起來，搶著問「誰？是誰？」阿喔嚇了一跳，小聲回答：「啊是奶奶的小女兒和小孫子，他們從台北回來看奶奶喔。」

捲耳爺爺問阿喔：「奶奶怎麼了嗎？」阿喔抓抓頭，傻笑著說：

「啊沒有，是奶奶的女兒說自己得了『思鄉病』，一定要回來金門一趟才行，思鄉是什麼病喔？」捲耳爺爺沉吟一會兒說：「嗯，沒有遠離家鄉的人，很難體會思鄉的滋味吧？」這個答案說了等於沒說，幾隻小老鼠你看我、我看你，頭上浮出好多個大問號。還好阿喔打破沉默：

「啊那個小男孩好可愛喔，我只是好奇想偷偷溜上小桌看看客人，阿喔！誰知正好和他對個正著！他一看到我，下巴瞬間鬆掉，嘴開得大大的，睜大眼直盯著我瞧，那個傻樣真的好好玩，難道他沒見過老鼠喔？」

笑聲在老鼠圈中爆炸開來，有的邊笑邊擦眼淚；有的捧著肚子在地上翻滾，連捲耳爺爺也笑成瞇瞇眼，牠們覺得這個小小城市土包子真可愛，嚷嚷著要去看小男孩。阿喔搖搖頭說：

「啊他們只住兩天就回台北了，可奶奶仍然很高興，還帶他們去吃喜酒喔！」老鼠們齊聲叫道：「喜酒！有『菜尾』嗎？」阿喔點點頭，老鼠們的口水都快流出來了，可惜阿喔接下來的話叫人搥心肝：

「啊奶奶回家就把香噴噴的菜尾收進冰箱，好可惜喔！」好料泡湯了！老鼠們聽了只有哀聲嘆氣的份兒。阿喔看了趕緊提高音量說：「啊！我聽到他們在說風獅爺喔。」老鼠們又有了精神。

「啊舅舅帶小男孩去看東珩迷你風獅爺，還拍了很多照片喔。」阿喔比了一個小小的高度：「啊舅舅說代班的東珩風獅爺是全金門最小的風獅爺，只有三十二公分高，懷中還抱著一隻更小的風獅寶寶喔。」阿喔才比手畫腳說完，急性子的呆呆就迫不及待問：「為什麼它是代班的呢？」

從沒被注意過的阿喔，看大家專注聽牠說話的神情，感覺一股熱氣從肚子慢慢擴散到全身，有了自信的阿喔好像一下子長大許多。牠挺直身體說：

「啊以前的金門風沙猛烈，所以每個村都設了風獅爺來保護村莊。因為東珩原先的風獅爺失蹤了，才臨時找一尊小的代替。迷你風獅爺雖然只是代班的，卻已經盡責的保護村莊無災無難六十年了！現在東珩的村民，每逢農曆十一月十八日迷你風獅爺生日，都會準備供品祭拜，感謝迷你風獅爺的庇佑，還幫它披上金黃色的織錦披風耶！我覺得迷你風獅爺獨自守在村莊外，抵擋來自寬闊荒野的強烈風沙，真的是人小志氣高喔！」

大家都覺得迷你風獅爺很了不起，也覺得阿喔說得很精采，不約而同的報以熱烈的掌聲。

這片掌聲勾起捲耳爺爺說故事的興味了，牠特意咳嗽兩聲說：「嗯！我是聽過安岐風獅爺的傳說。」愛聽故事的老鼠們沸騰起來，興奮的喊：「真的？快說嘛！快說嘛！」這時如果有人還沒睡著，也許就會聽見老鼠尖銳吵雜的叫聲了。捲耳爺爺摸摸鬍鬚說：

「它是全金門最高的風獅爺，足足有三百八十五公分高，比十二尊迷你風獅爺疊起來還高喔！而且風獅爺可忙著呢，辟邪、除病、保佑人丁興旺等，大小事都管。聽說以前安岐村民出海捕魚，萬一在黑漆漆的大海迷失方向，只要虔誠默唸風獅爺的名字，它就會從兩個大眼睛射出亮光指引村民回家。而且它還嚇退過海盜呢！」

捲耳爺爺停了一下，小老鼠挖挖趕快貼心的湊過來幫牠抓抓背，一雙水汪汪、小圓球般的黑眼珠充滿期待。捲耳爺爺慢條斯理的看了一下牠的聽眾——老鼠們早已圍坐到腳前，一個個聽得入神。捲耳爺爺故作神祕的閉上眼睛，又立刻張得亮亮的說：

「以前，有一個安岐村民到同安辦事，聽人說有一批海盜，曾經要摸黑打劫安岐，當他們正偷偷摸摸準備下船時，突然被兩道亮光射中，海水在剎那間翻騰起來，洶湧的大浪劇烈的搖晃著船身，船上的刀劍和海盜一下子就被震下海，等他們拚命爬上船後，早已經嚇得手腳發軟，連救命都不敢喊，馬上調轉船頭打道回府了。後來，別的海盜也想來搶劫，同樣的怪事又發生，嚇破膽的海盜抬頭一看，才發現是安岐的風獅爺顯靈了！那些海盜為了感謝風獅爺手下留情，沒讓他們葬身海底，還曾經偷偷溜到安岐祭拜風獅爺呢！」說到這兒，大家給捲耳爺爺和安岐風獅爺持續最久的掌聲。

阿喔回到家，躺在舒適的窩裡，聽著奶奶輕輕的鼾聲，回想新認識的朋友，以及有趣的奇妙故事，臉上不禁浮出笑意。沒多久，阿喔就在夢裡和安岐風獅爺一起威嚇入侵的海盜了！

——原載二〇一二年十月九~十日《國語日報・兒童故事》，原發表篇名〈阿呵的聚會〉

一編委的話一

王海薇：

不錯看啦！只是我覺得後面的知識性太多，就比較不像童話了。

陳冠伶：

作者用很豐富的形容和細膩的描寫故事情境，讓人彷彿身歷其境，小老鼠之間的互動非常溫馨、有趣。在小老鼠的聚會裡的對話，娓娓道出金門風獅爺的故事，讓讀者一起穿越當時的歷史背景。

許建崑：

透過捲耳爺爺述說金門風獅爺故事，很好的設意。阿喔天真童稚的形象，很傳神。

雲來的那一天

插圖／李月玲

王文華

作者簡介

一身兼具多重角色——是慈祥與霸氣的小學教師，
是Tina的睡前故事拔比，也是溫柔浪漫尚缺的老公。
在校，與孩子相互鬥智鬥法，
在家，生產好講好聽好玩的故事。
著有《小女生everyday》、《美夢銀行》及《可能小學的愛台灣任務》等書。

童話觀

快樂的時候，我讀義大利童話；
難過的時候，我看安徒生的童話；
想不出來該做什麼的時候，我寫童話。

阿志又生氣了。

他氣什麼，自己也理不清：

怪媽媽，最近都不陪他玩？

怪媽媽為什麼工作到那麼晚才回家，聯絡簿也沒幫他簽。

還是要怪媽媽沒把他的白制服洗好，害他今天沒有制服穿？

這麼多生氣的理由，加上餐桌上，什麼東西也沒有，媽媽追著他：「阿志，媽媽馬上弄早餐。」

「我不餓啦。」

他就這樣氣呼呼去上學。

天氣冷冷的，他不自覺把制服拉緊，糟糕，還穿著短褲來，想回家換長褲，卻又不想碰上媽媽。

「算了，什麼倒楣事都被我遇上算了。」

氣呼呼的走路，呼出來的每一口氣都成了淡淡的霧，霧往上飛，會不會變成一朵一朵的白雲？

朧朧的晨霧，把遠山都遮住了，阿志想，不知道有什麼地方，能讓我躲一躲？

阿志常常有那種躲起來的念頭，家裡的小衣櫥，是他小時候最愛躲的地點，最久的一次，他足足在裡頭待了五個小時，大部分的時間都在睡，直到爸爸最後把衣櫥打開，終於找到了他。

幼稚園的時候，他喜歡躲在溜滑梯的腳下，幻想，如果大象會走路，他會抱著大象腿，跟著大象遠走天涯。

爸爸每回來接他，他都會躲在那兒，下雨時，可以擋雨，出太陽時，可以遮蔭，爸爸來時，他就躲好，靜靜聽爸爸摩托車的聲音，由遠而近，轟轟轟轟的來，聽著爸爸的腳步聲，越來越近，聽爸爸假裝找不到他的呼喚聲音，阿志，阿志，你在哪兒？

阿志會低下頭，看看爸爸那雙大腳，爸爸常年穿的是一雙工作靴，洗到泛白的牛仔褲，他等爸爸的腳快走到大象來了，他又會悄悄後退，轉到大象尾巴，爬上象頭，在上頭和爸爸打招呼。

「在這裡呢！」他吱吱吱的笑，像隻小猴子。

爸爸也笑，露出那黃黃的大板牙，搔著頭，假裝懊惱的說：「唉呀，你這麼皮，害我上班遲到。」

他跨坐在爸爸肩上，指揮著爸爸前進，後退，阿志爸爸並不高，頭很大，坐在上頭他一點也不害怕，只要跟爸爸在一起……

回憶就像一陣煙，阿志搖搖頭，把腳步踩得重重的，踢了一顆石頭，石頭掉進河裡，學校近了。

他們學校在山谷裡，橢圓型的紅土跑道，綠色的草皮，今早有點不一樣，一朵白雲停在籃球場中間。

怪怪的，但是又找不出理由接近它，阿志氣憤的走進校園，學校安安靜靜，今天他竟然是全校第一個到校。

都怪媽媽沒煮早餐。阿志看了自己一眼，還有，制服也沒洗。

他從校工伯伯的手裡接過鑰匙，開了教室門，跑回辦公室，咚咚咚，長長的走廊上，是他狂奔的聲音。

「別跑呀。」校工伯伯喊了一聲，「撞到人怎麼辦？」

「現在學校沒有別人。」阿志說。

對，沒有別人，今天早晨，學校只有他一人，嗄啦啦，他推開教室的窗戶，那朵雲還停在操場上，彷彿變大了。

「阿志，來玩呀。」雲裡有人喊著。

原來大家都躲在雲裡玩了嗎？難怪整個學校見不到其他同學。

他看看黑板，黑板只有早自習的功課——第十三課，躲貓貓的圈詞寫三遍。以阿志寫字的速度，「哼，我十分鐘就搞定。」

既然這麼想，腳步當然不再遲疑，他一下子就跑到操場，越接近那朵雲，就覺得雲越大。等到跑進雲裡，四周都成了霧茫茫的一片，外圍的霧氣像城牆，伸手不見五指，進了霧裡，裡頭白霧變薄了。

幾個穿著卡其制服的孩子在跑，制服上繡著學號，但是……

阿志的學校是大山小學，9805031，代表九十八年入學，五年級三十一號；可是那些孩子，天哪，校名是對了，但是學號呢？他們怎麼亂繡呀，有人是7301006、7602025……

「阿志，來玩溜滑梯。」他們喊。

「你的學號繡錯了。」阿志拉住一個小男孩說，「還是你穿到你爸爸的制服。」

小男孩理著小平頭，頭大身體小，笑著跟他說：「亂說亂說，這是我的制服，我媽買的哦，請村口阿嬸幫忙繡的。」

「可是明明就……」

「走啦，快去玩溜滑梯啦。」男孩反手拉著他，一跑跑上了大象溜滑梯。

這個溜滑梯，他至少溜過一萬次了吧，卻沒有今天這麼奇怪，難道是霧氣太厲害，才會把大象染白，等到他坐下去，唉呀呀，好冰，一定是雲裡的空氣冷，大象鼻子才會這麼冰。

小男孩先溜了下去，霧太濃嗎？小男孩一下子就被霧給隱身了，哈哈哈哈的聲音，從霧裡傳了出來。

「阿志，你還不來嗎？」男孩的聲音在霧裡喊著。

阿志愣了一下，那口氣簡直像爸爸，以前只要是爸爸休息的日子，就會帶他一起去

釣魚。

爸爸的動作快，他說一週才放一天假，當然要珍惜時光，多釣幾條魚。常常，爸爸穿戴整齊了，他還在床上，爸爸就會在門口喊：「阿志，你還不來嗎？魚都快跑光了。」

「來了，來了！」阿志蹦蹦跳跳的套上運動鞋，蹦蹦跳跳的跳上爸爸的小發財車，懷裡揣著媽媽做的飯糰，手裡是媽媽熬的酸梅湯，爸爸會笑著問他：「請問座艙長，準備好了嗎？」

「當然，」阿志把手指向遠方，「駕駛長，出發。」

「Yes, sir.」爸爸笑著踩下油門，迎向燦爛爛剛探出頭來的朝陽。

而現在……，阿志拭了拭眼角，後頭一個小女生怯怯的問，「你要溜嗎？」

「溜～」阿志吼了一聲，雙手放開，就從大象鼻子上溜了下去。

咻～屁股涼冰冰，只是這個鼻子怎麼這麼長？溜了這麼久，他還在不斷往下移動，他用手碰了碰滑梯，滑梯軟軟的、冰冰的，用力一抓，竟然抓出一大坨的雲塊，手一鬆，雲霧四散飄去。

這是雲搭出來的溜滑梯？

想法剛從腦袋裡冒出來，砰的一聲，他已經跌在雲堆裡了，軟軟的雲，踩起來軟綿綿的，這裡的雲又輕又白，在他腳下不斷的變化，迴旋，升起又降下。

他輕輕試跑一下，腳底揚起一點雲煙，跑得快一點，他的身後就留下一朵朵漸漸變大的白色雲花。

四周，全是小孩，他們在玩躲避球，玩得嘻嘻哈哈，白雲做成的球，丟出去，打到人時，還會「砰」的一聲，像是夜裡的花火般，砰砰作響，一朵又一朵。

阿志突然想到上課，玩了這麼久：「早自習功課還沒寫耶。」

一團雲球恰好砸到他，「蓬」的好大一聲，雲絲散盡，四周全是嘻嘻哈哈的聲音，沒人聽他的話。

阿志可是大山小學的大隊長耶，他又生氣了，隨手拉著一個孩子，哦，是剛才那位7602025：「回去寫早自習功課了。」

大頭男孩掙脫他的手：「不要，你不是說少上一次不會怎麼樣？」

「我……」這話好熟悉，他什麼時候說過？

阿志對著大家叫：「全部的人都回去上課。」

嘻嘻哈哈，沒人聽他的話。

「我要跟你們班的老師說。」

「說就說呀。」雲球飛來飛去。

「那我跟主任說。」

「你跟校長說我們也不怕。」

7604025五官一皺，扮了個鬼臉：「阿志，去打小報告呀！」

哼！阿志怒氣沖沖的跑回教學大樓，跑上樓，跑哇跑哇，樓梯裡白霧瀰漫，什麼時候霧氣跑進這裡？

他越跑越快，怪怪的是，不管他怎麼跑，樓梯好像永遠跑不完，明明只有二十一階就能跑到二樓，現在怎麼回事呀？

一百階？五百階？還是一千階？

他幾度想放棄了，可是都跑這麼久了，還真好奇，樓梯最後會連到哪裡呢？

爬哇爬哇，爬哇爬哇，樓梯盡頭說來就來，立在他眼前的是一扇玻璃門，門前雲霧徘徊，拉開門，裡頭陽光燦爛。

這是怎麼一回事呀？

門裡的空間狹小，四周都是透明的窗，陽光從窗外斜射進來，照得室內景物閃著光輝。

「這裡……」阿志來過這裡，這是爸爸工作的吊塔，爸爸每天都要在吊塔裡操作吊手，負責把鋼筋、水泥吊上大樓。

沒錯，儀表板上有媽媽為爸爸求回來的平安符，操縱桿上的海賊王公仔是阿志送爸爸的，藍色的外套披掛在工作椅上，彷彿爸爸隨時都會推門進來。

「但是……」

阿志摸著椅子，溫溫的，難道爸爸……

他喊了一聲：「爸，你在哪裡？」

沒人回答他的話，他坐上爸爸的椅子，哇，比想像的還高，從這裡看出去，底下的景色比想像還要遠。

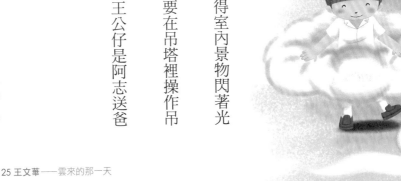

就在儀表板上，有張便利貼，爸爸那手粗粗壯壯的字寫著：「阿志生日，十一點高鐵，綠荷湖。」

便利貼下，夾著一張高鐵票。

「沒忘記，你記得，你要回家。」他大叫一聲，人幾乎要從椅子上跳起來。

他生日那天，恰好是禮拜天，阿志跟爸爸說，他什麼生日禮物都不要，只要爸爸帶他去綠荷湖釣一次魚。

綠荷湖邊柳樹多，爸爸每次去都能滿載而歸。

「我生日那天，你的竿王借我釣一次，我會釣得比你多。」阿志說。

爸爸當然答應了，自從他去台北蓋大樓，爸爸就很少有機會回來釣魚。

「你生日那天，爸爸一定會回來。」爸爸在電話裡保證了又保證。

結果，阿志生日前幾天，爸爸卻打電話回來說，不行，公司要趕工，他要加班，回不來。

阿志哭：「你答應過的嘛，你說你一定會回來的嘛，少上一次班又不會怎樣。」

媽媽把電話搶過去，匆匆跟爸爸講了講話，回頭訓他不要哭，說爸爸在外頭工作已經很辛苦，不要讓他再操心。

「騙人，明明答應的嘛，怎麼可以反悔……」

為了這件事，他氣爸爸氣了好久，爸爸再打電話回家，他也賭氣不跟爸爸說話。

他生日那天，自己帶著竿王去釣魚。

「爸爸不回來，我也能自己釣。」其實他內心真正的想法是，說不定爸爸會趕回來呢？

「沙沙沙……沙沙沙……塔台聽到沒有……塔台……」

對講機突然響起來，阿志嚇了一跳，他按下通話鍵，突然傳來一串聲音。

「沙……國全，你要注意安全，就算你急著去趕車，也不要一次吊那麼重……吊塔可能會受不了重量……」

「是爸爸，他們在跟我爸爸說話。」阿志看看四周，難道爸爸會突然走出來？

「……知道啦，好，我趕工……」發話機的鈕亮了，阿志爸爸的聲音清晰的傳了出來，「再加一噸應該沒問題啦，快快回家找兒……」

阿志激動的站起來：「爸，爸，我是阿志，你在哪裡？」

對講機默默無語，對話停了，他不死心，又問了好多次，可是，對講機就像從未說過話般。

他坐回椅子上，外頭可以看見綠柳湖，柳樹在風裡搖曳，不像他生日那天，湖邊沒有一絲風，他沒釣到半條魚，卻看見媽媽邁著碎步跑來：「阿志，阿志，爸爸出事了。」

他。

「原來，爸爸記得我在等他，他想回來的。」阿志站起來，山腰有個人影吸引了他。

紅色的頭巾，紅色的大衣，那人走得很快。

是媽媽。

媽媽走得又急又快，這些天來，爸爸在醫院昏迷不醒，媽媽醫院和家裡兩頭跑，還多兼一份工作，天天忙到半夜才回來。

而他只會怪媽媽，怪爸爸……

阿志抹掉眼角的淚水，他突然發現自己好自私，爸爸為了家，努力工作。那時他可以把一切都推給爸爸，因為天塌下來都有爸爸頂著。

那現在，天真的塌了下來，他卻又把一切怪給媽媽。

他轉身想跑下樓，沉默許久的對講機突然又響了。

「……好好好……座艙長……」

是爸爸的聲音，他拉開塔台的門，三步兩步的衝下樓，上來時很長的樓梯，現在好像一下子就跑完了，漫天大霧在他跑出門口那一剎那，收得乾乾淨淨，藍天之上，一朵白雲漫步。

——原載二〇一二年三月《未來少年》第十五期

王海薇：

阿志的爸爸答應阿志要去釣魚，沒想到卻沒有，阿志本來很難過，以為爸爸忘記了，結果是他自己勉強爸爸，讓爸爸昏迷不醒，濃濃的散發出父子倆的親情。

陳冠伶：

阿志在爸爸的吊塔裡，重新模擬爸爸出事的現場狀況，體會到爸爸為了家，努力工作，辛勤地付出，自己卻任性地不願面對家裡的變故。

簡　禎：

這是一篇充滿想像力、也帶著一點點神祕感的童話故事。照理來說，雲是不會飄到地面上來，也不可能承載一個人的重量。作者最後並沒有把故事的結局說得很明確，留給讀者很大的想像空間，可以發揮自己的想像力去編織自己的結局。

許建崑：

阿志賭氣離家，走進操場的雲團中，知曉爸爸在他生日時為何沒回家陪他釣魚的緣由。雲霧有著濃厚象徵。文筆輕鬆溫馨。

卷四

爾虞我詐 費心機

小東郭和小狼

插圖／許育榮

楊福久

作者簡介

中國作協會員、中國寓言文學研究會理事、遼寧省鐵嶺市兒童文學學科帶頭人。
生於西豐縣金星滿族鄉寶興村下樂群屯，畢業於中央電大中文系。
出版童話、寓言等十餘部，在國內外報刊發表作品五千九百餘篇，
百餘篇被選人六十餘種專集、課本，獲省以上獎勵六十餘次。

童話觀

「寫童話使人年輕」，
這是著名兒童文學作家吳夢起老師鼓勵我寫童話時說的一句話。
實踐使我感受到：永保童心，熱愛孩子，親近孩子，是創作好童話的源泉和動力。
和孩子們遊樂於童話王國，使自己愉悅和年輕。
我很感謝吳老師，很感謝孩子們，很感謝編輯們！

甲：動物和人的趣事就是多。

乙：今兒唱唱小狼和小東郭。

甲：（白）東郭先生和狼？這都老掉牙的了，誰沒有聽說？

乙：（白）那是老狼和老東郭，現在唱的是小狼和小東郭。

甲：（白）那妥，俺配合您唱好小狼和小東郭。不過，我得唱主角小東郭。

乙：（白）妥？您不知道「妥」的典故吧？我來說說。說一大官主持追悼會，默哀一分鐘後，他忘了「默哀畢」，想了好一會兒，才說「妥」。好了，我也說妥。我就唱小狼不唱小東郭。只是這「二人轉」的角色是根據劇情隨時變換的——有時候您就不只是唱小東郭。

甲：（白）妥。這一天太陽剛出東山窩，小東郭來到了西大坡。萬樹林中好景色，百花叢中百鳥歌。小東郭我正樂呵呵，忽聽遠處響銅鑼。一條狼兒奔過來，見我跪倒把頭磕。

乙：小狼我被追渾身打哆嗦，小東郭您快救救我。

甲：《東郭先生和狼》俺沒忘過，我不會犯了前輩的錯。

乙：時代不同有的規矩就得破，那時是對現在就是錯。

甲：你不要在這裡胡亂說，把救你的原因說一說。

乙：我只是看看那家的小肥鵝，那人就敲響了大破鑼。喊來人兒把我追，要把我的皮兒剝。

甲：你去看鵝就想偷鵝，還怨人家把你捉？你願哪逃就哪逃，我不捉你就不錯。剁。

乙：您來救我有理說，法律條文您細琢磨。狼也在野生動物保護之列，您不救我才有錯！

甲：小東郭一聽把腳跺，小狼你是不是在瞎說？！

乙：看來不學法的真挺多，怪不得那麼多人在犯錯。現在您趕快把我救，這是守法把好事做。

甲：都怪自己學習差，如今不知有此法。犯法終究不可取，那我幫牠把難躲。

乙：小東郭把大口袋地上擱，我趕緊鑽進去把難躲。他拿來樹枝蓋上面，坐在樹墩哼著歌。

甲：追狼的人看見了我，忙問可看見有狼從這兒跑過？我手一指南山坡，那狼早從這兒跑過。

乙：小狼我口袋裡先哆嗦，聽了小東郭一胡說，才放下心來有了底，原來東郭就是東郭。

甲：眼看著他們奔向南山坡，我這心裡還在琢磨。這個傢伙咋處理，處理不好容易錯。

乙：口袋裡我知道避難已把握，嘴裡忙叫小東郭：「那幫壞蛋已遠去，快打開口袋放開我。」

甲：你認為我像當年老東郭，輕易就把你放過？
乙：那你也得把事辦妥，你若是殘害我就有錯！
甲：你不要把我來恐嚇，我知道我該怎麼做。
乙：你不要這麼囉囉嗦嗦，還是快點放開我。
甲：我現在不和你說什麼，但保證找到你的新「窩窩」。
乙：小東郭再聽我說，背起口袋背起了我。
甲：這裡就是你的新「窩窩」，小狼你出來謝謝我。
乙：來「野生動物園」做什麼？你小東郭真能瞎琢磨！
甲：因為你沒有實施偷大鵝，我才出此上策這麼做。如此一來保護了你，二來我也沒犯錯。
乙：看來我的自由不再多，就怨自己過低估計了小東郭。這個傢伙懂了法，做的事情還不錯。
甲：保護野生動物都有責，但是動物也不能來闖禍。害人終究害自己，希你好好改過錯。
乙：本性難移是一說，可現在森林沒有過去多。若是林裡食物多，我們何必偷豬鵝？！
甲：不要強調客觀多，不要摔破罐子敲破鑼。害人本是在闖禍，幫人才能修正果。
乙：您的話兒是良說，今天救我又放我，應當記著你的話兒，幫人才能修正果。

合：幫人才能修正果。

——原載二〇一二年十月二十日《國語日報・兒童故事》

—編委的話—

王海薇：

滿特別的故事，好像是東郭先生的續集，還用相聲的方式來呈現，真好玩！

陳冠伶：

這種文章的寫法很特別，是用「二人轉」的民間說唱藝術。改寫了傳統的東郭與狼的故事，最後還把狼放到野生動物園裡，很有趣！

簡 禎：

故事以類似相聲的形式呈現，在一般童話中算是相當少見的，而且這個故事的內容情節非常精彩、有趣。

龍爭寵

插圖／劉彤渲

山　鷹

作者簡介

退休前，擔任中華電信總公司工程師、國際傳輸通信中心主任及國際海纜站主任。因應工作，到過很多國家，忙著寫故障報告、調度電路、出國開會、回應國外電文、安排海纜船搶修海纜、與漁民談補償問題……，每天忙得焦頭爛額。

退休後，看看書、寫寫童話，希望寫一本經典的科學童話，留給孩子們當傳家寶；希望能日日過著「平安的日子，平靜的生活，平凡的人生」，目前被孫子帶著到處「遛」。

曾經出版過幾本書，得過幾個獎。

童話觀

童話是一隻不死鳥，喚醒心中永恆的春天。

對於龍在十二生肖中的排名，龍一直超級不爽。

不，可以說，簡直到了深惡痛絕的地步，恨不得從此消失在人間。

「到底是誰排的名啊？」長久以來，這個疑問一直在龍的腦海裡打轉。

「我們是龍耶，水龍、火龍、雲龍、神龍、天龍……，龍能飛、能舞、能變化，上窮碧落下黃泉，是和神仙並列的物種，竟然把我們和庸俗低下的動物排在一起，還不是第一名，難道眼睛瞎了嗎？真是氣死人了。」

「哼！根本不該把我們並列排名的，龍是龍，老鼠是老鼠。」

「對啊！太離譜

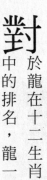

了。」排名比龍高一名的老虎也覺得不妥，「龍兄別生氣啦，一定是排錯了，我怎麼可能排在你的前面呢？」老虎只要一見到龍，就趕緊彎腰打揖賠不是。

對於老虎排名在前，龍不高興歸不高興，勉強還可以忍受，誰叫他們是龍兄虎弟呢，當哥哥的總要忍讓一下弟弟嘛。

「哼！哼！」龍最不能忍受的是，獐頭鼠目的老鼠竟然排在他的前面，還是第一名，「是可忍，孰不可忍。」

可是，排名已定，好像一輩子都無法翻身了。

龍只要想到這件事，整個人就不起勁，變成一隻病懨龍。

「根本不該排名的，龍是龍，是神物，怎麼可以和凡夫俗子排在一起呢？如果一定要排，非排不可，那麼最好每年都排龍年，飛龍、水龍、雲龍；金龍、神龍、天龍；夢龍、澤龍、潛龍……，十二年年年都飛龍在天，人間一定會竭誠歡迎的，搞不好還放鞭炮慶祝呢。」龍這樣想著，不自覺又「唉！」了一聲。

有一天，龍無聊在家裡看卡通，遙控器轉著轉著，發現有一隻也叫龍的魔龍和他長得很不一樣，這隻龍有一對黑黑的翅膀，會飛天，也會噴火。

問題是，他既不施雲，也不造雨，還專門以吃人為樂。

故事結束時，這隻龍被王子殺死了，一命嗚呼哀哉。

「死得好。」看完影片，龍一點也不同情那隻也叫龍的魔龍，「你也配叫龍啊？羞死龍了。」

「都是你們這些害群之馬害的……，」龍有點明白自己排名不佳的原因了，「真是一粒老鼠屎，壞了一鍋粥。」

「等等，等等……」一言驚醒夢中人，龍不自覺低頭沉思了起來，「一粒老鼠屎壞了一鍋粥，嗯，一粒老鼠屎壞了一鍋粥。」

「原來，排名先後是以破壞為能事啊？！」龍似有所悟，自以為是喃喃自語起來。

老鼠以搞破壞出名，鼠疫尤其厲害。

常常一場瘟疫下來，重則幾百萬幾十萬人死亡，輕則幾萬人死亡，難怪人家會說：「過街老鼠，人人喊打。」老鼠害人的本事的確高強。

「可是，好壞一起排名，也未免太奇怪了點吧？」對於自己排名在老鼠的後面，龍始終耿耿於懷，心裡嘀咕，怪排名者良莠不分，好壞都搞不清楚。

有一天龍發現，排名者竟然是玉皇大帝時，咻一聲，龍像一陣風般飛上南天門，怒氣沖沖衝至靈霄寶殿。

「皇上，您也太迷糊了吧，您真是雞兔同籠龍蛇不分啊。」龍大聲向玉皇大帝抗議。

看到龍怒不可遏、怒氣騰騰的模樣，玉皇大帝還是溫煦和藹安靜坐在椅上，一點都不動怒。

「別生氣，別生氣，龍兒，有話好說。」

「十二生肖裡，您怎麼把我排名在兔子的後面呢？大家都知道，兔子只會跳，不會飛不說，連走都不會。還有，笨牛也排名在我的前面，笨牛笨牛，難道您沒聽說過嗎？」龍越說越氣，臉都漲紅了。

「最最最……離譜和荒謬的是，您竟然讓老鼠排名第一，不要說我不服，老虎也不服。」

「原來你是為了這個在生氣啊？」

「當然，誰不生氣啊？任誰都會生氣。」

「讓我告訴你原因，附耳過來。」只見玉皇大帝在龍的耳邊說了幾句話後，龍就心悅誠服離開了。

十二生肖裡，龍雖然排名第五，但玉皇大帝說得對，人間只要一到龍年，家家戶戶都盼著生龍子、育龍女，跳龍門，一幅歡心快樂的景象，哪裡是其他的生肖年可以相比的？

玉皇大帝說：「想想看，過街老鼠，人人喊打，龍兒難道也想被人人喊打嗎？」

玉皇大帝還說：「既然老鼠人人喊打，當然是人氣第一名囉。你是龍，難道不懂潛龍在淵的道理嗎？」

比起其他生肖年的可有可無，甚至厭惡，龍終於明白，玉皇大帝是真的愛護他，打心底感謝玉皇大帝的苦心安排。

——原載二〇一二年九月二十日《國語日報・兒童故事》

—編委的話—

陳冠伶：

不能在十二生肖中排名第一，龍就像心理不平衡的小孩，不斷地鑽牛角尖。直到玉皇大帝安慰他：龍是大家最喜歡的生肖。還教他「潛龍在淵」的道理，龍才高興起來。有時候，我也會像龍一樣東想西想。這篇文章真是說中了很多小孩的心理。

簡　禎：

這是一篇和中國傳統十二生肖有關的童話，故事中堂堂的龍對於自己在十二生肖中的排名覺得非常不滿意，所以引發了不少的紛爭與爭執，故事過程相當有意思，非常值得推薦給大家。

許建崑：

作者從十二生肖爭排名的老故事生想。故事中用了許多成語，表現玉皇大帝的幽默，以及龍的「小人之心」。

酸巫婆做山楂醬

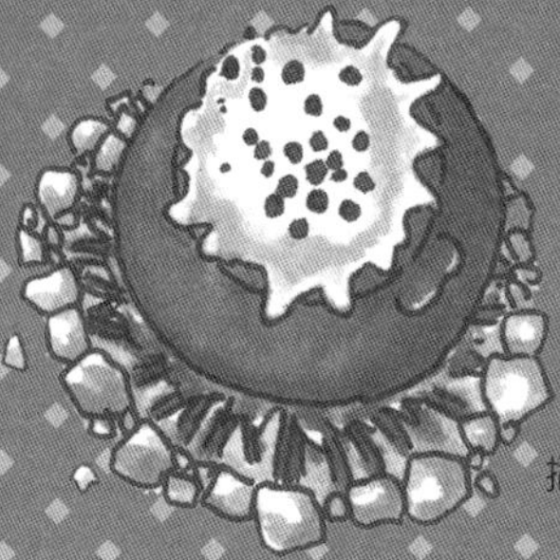

插圖／那培玄

王　蔚

作者簡介

自由作家，創作少兒文學多年。
在大陸、台灣出版作品多部。多次獲獎。
新近出版《巫婆村》、《童年有棵神奇的樹》等。
愛好繪畫，有時給作品畫插圖。
繪本《我想有個家》參加信誼圖畫書獎，入圍參展。

童話觀

多年寫作童話，生活在成年與童真世界之間，
現實與幻想之間，世界無形中變得很大，
你可以不必拘泥於眼前那點生活。
從一個成年人所擁有的孩子童視野裡，
會看到平常無法企及的豐富與神奇。

好巫婆乘著飛籃在天上，見下面有個人，頭頂一個大口袋遠遠跑來，請好巫婆捎上一段路。好巫婆二話沒說，就讓那人上來。不過，等那人放下遮住腦袋的大口袋，才發現原來是貪巫婆。

貪巫婆主動解釋說，袋子裡都是酸巫婆山楂樹上果子，「她的山楂太多了，吃都吃不完，我來幫她吃！你看，也就我這麼好心，你看我，多累呀！」

好巫婆很了解貪巫婆，「你摘人家果子，跟人打招呼了嗎？」

「打招呼？呵呵，打招呼？好巫婆呀好巫婆，我剛才不是跟你打過招呼了嗎？你好糊塗呀呵呵呵……」

貪巫婆裝糊塗。

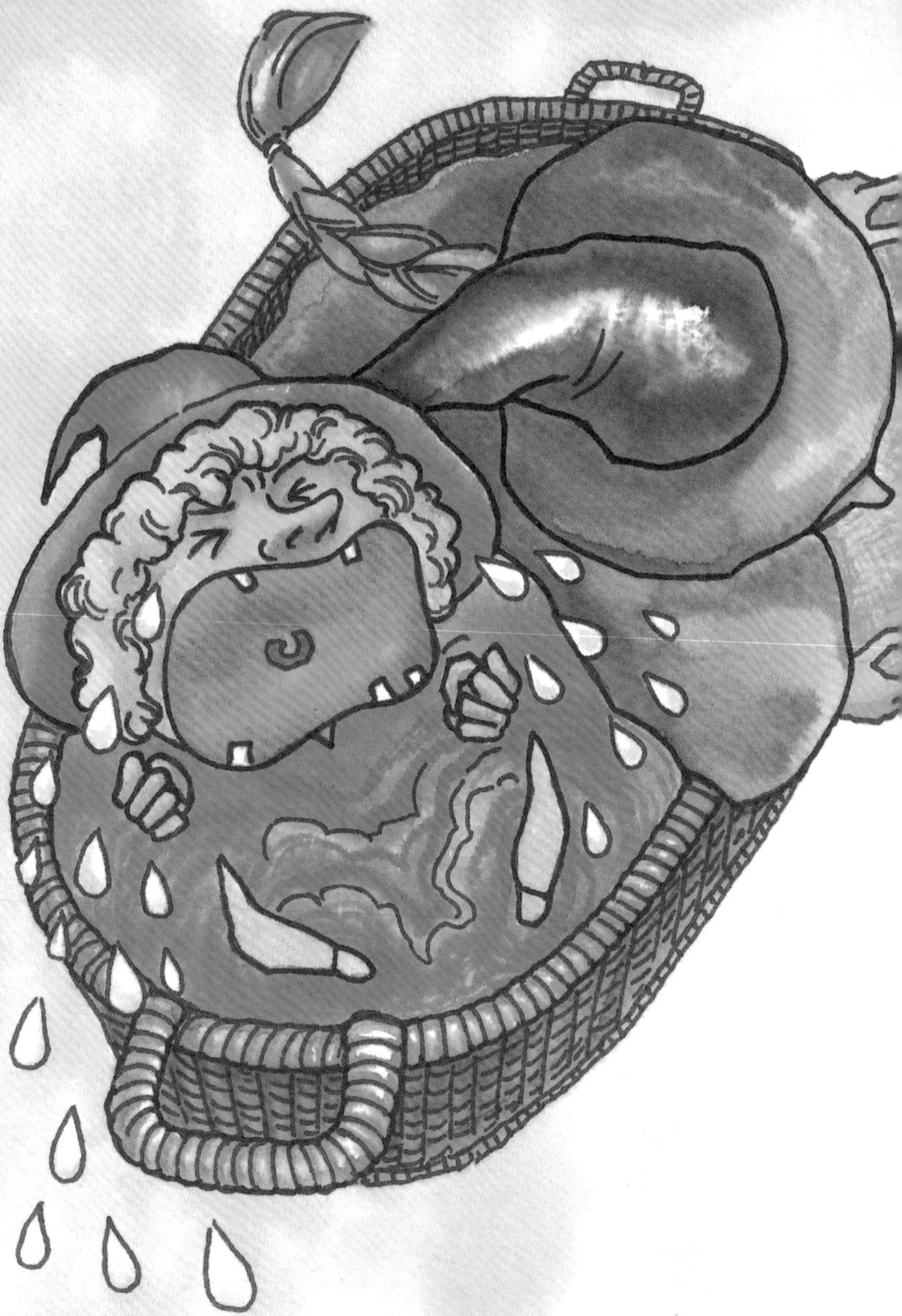

好巫婆看看不對勁，就飛到酸巫婆家上空看個究竟。

酸巫婆正在院裡，支著一口熱氣騰騰的大鍋，要做山楂醬，但她圍著山楂樹轉了九百八十一圈，連一個果子也沒摘到，她急了，「憑什麼果子都沒了呀？昨晚還結了一樹哪！」

忽然聽「撲嚕」一聲，一顆果子掉進鍋裡，「撲嚕嚕嚕……」一連串果子掉進鍋裡，是從天上掉下來的，天上簡直下起山楂雨，而且這雨下得特別準，全都落進鍋裡了。

酸巫婆很高興她的山楂又回來了，「謝謝老天！謝謝老天！」她去煮山楂醬了。

但是山楂落完後，天上還真落了一陣雨，酸巫婆還發現，這雨是鹹的，她趕快把鍋蓋蓋好。這的確是滿少見的雨，是啊，因為，這正是貪巫婆的眼淚，因為好巫婆把山楂全給扔了回來，貪巫婆又急又傷心啊，在天上又哭又鬧的。

好巫婆不樂意了，就把貪巫婆拎起來，扔回大地，正扔在她自己的屋頂上，讓她像菜乾一樣在屋頂上晒太陽。

山楂醬的香氣一飄開，饞巫婆就來敲門了，誰讓她有一個好鼻子呢？她還沒忘了叫上糖巫婆一道，因為，山楂醬需要加很多很多糖。

酸甜酸甜的山楂醬剛做好，又有一個巫婆來了，卻不是別人，正是貪巫婆。

她頂著一個比醬鍋還大的罐子，鼻青臉腫地跑進來，「酸巫婆，要不是我辛辛苦苦幫你摘山楂，你們哪有山楂醬可吃？對不對？……」

——原載二〇一二年一月十四日《國語日報・兒童故事》

—編委的話—

陳冠伶：

貪巫婆貪心，想要偷摘酸巫婆的山楂果，遇上好巫婆讓她詭計不能得逞，反倒是幫了酸巫婆的忙，省掉了摘果子的力氣。作者把貪巫婆寫得很貪心卻又笨又呆，所以把戲很容易被拆穿，讓人覺得很可笑。

簡　禎：

酸巫婆在園子裡找不到山楂，原來是被貪巫婆摘光了。很特別是，故事最後還下了一陣山楂雨呢！如果作者能詳細描述酸巫婆做山楂醬的過程，與題目相呼應，更容易打動讀者。

大野狼撿到海龍王的手機

插圖／那培玄

望　生

作者簡介

靜宜大學中文系畢業，書蟲、懶蟲、等待羽化的毛毛蟲、感性理性交戰的築夢人、在現實人生中被摧殘的逐夢人，四十歲之後驚覺突變堅強的女人、靠天父而剛強壯膽的女兒，從事各種雜役，出賣腦力與勞力，有無窮的創意與乾涸的體力。最大的產業是兩個超級活潑可愛的巧克力寶寶，辛苦工作養家的假性單親超人媽咪，寫文字嗑文字而活的人。

童話觀

感謝主，讓我有能力藉由書寫來餵養自己與我的孩子們，這餵養，包含了頭殼與腹肚，感謝主，賜給我兩個活潑可愛的巧克力寶寶，他們的教育養份必須中西合璧（融合非洲與東方），考驗著阿母的智慧。〈大野狼撿到海龍王的手機〉正是我睡前瞎掰的晚安故事之一，當然還要具備足夠的功力，在講故事的過程中應對孩子們隨時丟出來的機智問答。那晚我掰得很流暢，因為當天有則電視新聞是關於有人撿到昂貴的手機卻放進了自己的口袋裡，讓我有了靈感給孩子們機會教育，他們睡著後我趕忙起來，連夜寫下。感謝我的孩子們，這故事是送給你們的。

最近，最近，在某個夏天的傍晚時分，森林裡有隻大野狼，在他睡了一個飽飽的午覺之後，伸了伸懶腰，閒來無事的他，決定走出森林，往海邊去散散步。

大野狼走到了一個無人的海邊，他躺在沙灘上聽著浪濤的聲音。「啊！真是舒服！」

大野狼走向層層捲起的浪花，讓浪花輕輕洗過他那一雙超級大又毛茸茸的毛毛腳。「啊！真是太舒服了！」大野狼越玩越開心。

大野狼一邊在海邊散步，一邊玩著浪花，又一邊看著沙灘上好多好多可愛又漂亮的貝殼，他開心的撿著一顆又一顆，放進自己的口袋裡。

寄居蟹媽媽跑來跟大野狼說：「哈囉！大野狼先生，請不要帶走這些貝殼！我的寶寶們就快長大了，他們需要換新家！」

大野狼很不客氣的對寄居蟹媽媽說：「少囉唆！快走開！這又不是你們家的東西！本大爺高興拿走就拿走！」

寄居蟹媽媽又生氣又傷心的離開了。

忽然，大野狼眼睛一亮！不遠處沙灘旁的石縫裡，海浪剛剛打上來一個閃閃發亮的東西，那個晶瑩剔透的寶物散發出彩虹般的光芒！

大野狼趕緊衝了過去。

哇!太棒了!是個難得一見的七彩海螺耶!

大野狼急忙撿起了七彩海螺,非常興奮!這個海螺不大不小,拿在手掌裡剛剛好。他把海螺放在耳朵旁邊,仔細傾聽。

哇!海螺果然可以聽見大海的聲音耶!有海風的聲音,有海浪的聲音,還有遠方海鳥叫聲!更奇妙的是這個七彩海螺還散發出一股淡淡的海洋香味呢!

「真是太棒了!太神奇了!」大野狼十分陶醉,他覺得自己實在是太幸運了。

大野狼把這個絢爛奪目的七彩海螺和剛剛撿到的所有大大小小的貝殼通通都放進了自己的口袋裡,然後,心滿意足地吹著口哨準備走回森林裡的家。

就在這個時候,大野狼的口袋裡,突然傳來「鈴~~~~鈴~~~~~~鈴~~~~~~~」的聲音,把大野狼給嚇了一大跳。

大野狼趕緊把口袋裡的東西全都掏了出來,原來是海螺在響。

他把七彩海螺拿了起來,靠近耳朵聽一聽。沒想到,七彩海螺裡面居然有個聲音說:「哈囉!嗨!是你撿到了我的手機嗎?」

大野狼大吃一驚,七彩海螺差一點兒就掉了下去!「什麼?這是你的手機?你是誰啊?」

「哦!我是海龍王!」手機裡傳來的聲音說,「你現在拿的七彩海螺,是我最喜歡的一支手機,請你把它還給我好嗎?」

「是我先撿到的耶！為什麼要還給你！誰撿到就是誰的！」大野狼很賴皮，很大聲的說。

海龍王著急的說：「喔！不！你不可以這麼說！這真的是我的手機！這位先生，請你一定要把七彩海螺手機還給我！這個手機對我來說很重要！因為我的工作、我的生活和我的家人之間的聯繫都靠它。對我來說，這是很特別的手機！」

大野狼很狡猾的說：「哦！海龍王先生，你倒是說說看這支手機有什麼特別的地方呀！首先，我得確定這海螺手機是不是真的很特別，再決定要不要還給你！而且你住在海裡，我住在陸地上，你不知道我是誰，我也不知道你住在海的哪一邊，是要怎麼還給你呢？」

海龍王說：「這支七彩海螺手機是龍宮的科學家們費盡心思所研發出來的，具有很多頂尖的超級功能。它能預測海洋的氣候變遷與溫度高低，並自動記錄整個地球潮汐的變化，全世界各地的魚類領袖也都用這個手機隨時向我報告，還有我心愛的孩子們、美人魚公主們和龍宮仙女們，每當他們離開龍宮游向全世界各地的海洋時，也都會打這個手機向我問候及報平安。所以，我非常需要這個手機，請你一定要還給我！拜託你！我會報答你的！請你告訴我，你是誰？貴姓大名？你在哪一個海邊呢？請你在那裡稍等一會兒，我會派出離你最近的海上巡邏警察去拿回來，並且當面謝謝你！」

「喔！原來這個手機這麼酷啊！那就更不能還給你囉！很抱歉，海龍王先生，再見

了！」大野狼想要趕緊拿著手機溜走，急著掛電話。

「嘿！請等一下！這位先生，請告訴我，你的大名，我拿別的禮物跟你交換好嗎？現在，我真的很需要這個海螺手機！再說，你拿了這個手機也沒用啊！你霸占了原本屬於我的東西，這是不對的行為哦！」海龍王試著跟他講道理。

「你的龍宮科學家們不是很厲害嗎？叫他們再做一支不就好了！」大野狼實在很想要這支手機，不停的耍賴。

「哦！不可能的，這個七彩海螺是我心愛的妻子留下來的寶物，全世界再也找不到第二個了！而且，我請科學家們費了很多工夫才把這個七彩海螺改造成這麼多功能的超級手機，大小剛剛好可以放在口袋裡，也剛剛好握在手掌裡，握起來溫暖又舒服。拜託你，先生，請你還給我吧！我海龍王可是很少求別人的耶！但是為了我珍貴的手機，我拜託你了！請你說說看，我應該要怎麼做，你才願意把手機還給我呢？我可以邀請你到全世界去旅行，或者請你吃最新鮮最好吃的超級海鮮大披薩？」

「海龍王先生，我沒時間聽你說這些了，這已經是我的手機了，請你別再打電話來打擾我了，好嗎？我要回到森林裡享受我的兔肉大餐了，我大野狼才不想吃什麼噁心難吃的海鮮披薩呢！」大野狼一時得意的昏了頭，竟狂妄的說出了自己的名字。「喔！糟糕！」

「哈！你是大野狼先生，對嗎？你已經說出來了！」

「哦！不！不！不！我不是大野狼！你聽錯了！我剛剛說，我是大野狼的朋友，我才不想吃你的海鮮披薩呢！」大野狼急忙解釋。他可不想讓海龍王找到他。

「哦！大野狼的朋友！你是狐狸先生嗎？」

「不是！」

「你是花豹先生嗎？」

「不是！」

「那你是獅子先生嗎？」

「不是！不是！通通不是！海龍王，你就別再猜了！你別再煩我了好嗎？這是我的手機！我要回家了！再見！」大野狼掛斷了手機，一心只想趕快回去森林裡。

大野狼正想離開海邊，這時，手機又響了。「鈴～～～～～」

「喔！很煩耶！我才不接呢！」大野狼理也不想理，就掛掉了手機。

「鈴～～～」大野狼才走了兩步，手機又響了。「這是我的手機耶！海龍王可不可以不要一直打電話給我啦！我跟他又不熟！他很討厭耶！煩死了！」

「鈴～～～」電話響個不停。

大野狼正想再把手機掛掉時，這個時候，他的背後，從遙遠的海面上，突然傳來一個低沉而巨大的聲音，「請站住！大野狼先生，請你等一下！」

大野狼嚇了一大跳，馬上回頭，往海面上一看。

哎呀！真糟糕，不得了！是海龍王親自出馬了！

大野狼嚇的想要逃，兩條腿卻不聽使喚，直打哆嗦。

「大野狼，請留步！我只想請你把七彩海螺還給我！請你拿過來吧！」海龍王的聲音十分具有威嚴，但他試著讓自己看起來慈祥一些。

「才不要呢！這是我的！我已經撿到了，就是我的！」大野狼正想要跑回家，森林裡的大熊警察也出現了。「大野狼，我勸你乖乖的把手機交還給海龍王吧！否則，我就要逮捕你囉！因為你已經犯法了！」大熊警察站在森林入口處，攔阻了大野狼的去路。

「大熊警察先生，怎麼連你也出現了？」大野狼吃驚的問。

「海龍王先生一通知森林警察局，我就立刻出動了！」大熊警察對自己的動作迅速十分驕傲。

「嘿！大野狼，我忘了告訴你，我的七彩海螺手機還有一個很特別的功能，就是它會自動回報它所在的位置，因為我年紀大了很健忘，常常忘記到底把手機放到哪裡去了，所以，我的海螺手機會透過電腦發出訊號自動回報，好讓我找到它，就算你把它帶回家，我還是會找到你家，找到我的手機。而且，海螺手機也會自動辨識主人，雖然是你撿到了，卻只能接電話，而無法使用它，對你來說，一點兒用處也沒有啊！你為什麼要占為己有呢？這是犯法的行為！是要被警察先生抓去關起來的！」

「什麼？為什麼？不！我不要！」大野狼大叫著。

「現在只要你願意把手機還給我，我就原諒你，不再追究了！」海龍王說。

「可是……可是……，這是我好不容易撿到的寶物耶！」大野狼還在猶豫著。

「大野狼，快點把手機還給海龍王吧！他都願意原諒你了！你再囉哩囉嗦的話，小心！我就要把你抓回去森林警察局囉！」大熊警察不耐煩的說著。

「大野狼，我勸你，快把手機還給海龍王吧！不然等一下！海龍王一生氣，下令要我把你帶回海裡的龍宮審判，你想要再回到森林裡就很難囉！」一直跟在海龍王身邊的海洋警察大章魚先生也

大聲的說道。

「唉！好啦！還給你就是了！還你就還你嘛！」大野狼心不甘情不願的把手機交給了海洋警察大章魚先生。大章魚立刻恭恭敬敬的把手機交到海龍王的手中。

海龍王很開心的說：「大野狼先生，謝謝你撿到我的手機，也完好如初地還給我！為了答謝你，我特地準備了超級海鮮披薩請你吃，當然還有大熊警察先生，辛苦你了！謝謝你幫了我一個大忙！我也準備了另一個超級大披薩請你吃哦！」

大熊警察先生說：「這怎麼好意思呢？這是我的工作上應該做的事，是我應盡的職責，竟然還可以得到好吃的披薩當獎勵，真是太感謝了！」

螃蟹大廚師一下子就從海裡頭端出了兩

大盤餡料豐富、美味可口又熱騰騰的超級海鮮大披薩來。
大野狼說：「什麼啊？竟然只有披薩！那環遊世界的免費招待呢？」
大章魚警察先生說：「大野狼，別太貪心了！海龍王沒把你關起來，算你好運！你擅自拿了別人的東西又要占為己有，真是很不應該！海龍王原諒了你又請你吃披薩，你還敢如此貪心！過來！這個拿去！」大章魚警察先生把一張紅色的罰單給了大野狼。
大野狼說：「這是什麼東西啊？」
大章魚說：「剛才你撿了很多貝殼對不對？」
大野狼說：「對啊！又怎麼了？貝殼也不能撿喔？」
大章魚說：「是的，依照我們龍宮海洋生態保護法第一百條的規定，不能私自把海邊的貝殼撿回去，因為這樣做，會讓小寄居蟹長大後沒有新的家可以換殼，你太自私了！而且，寄居蟹媽媽也已經勸阻過你，你又不聽，依照龍宮海洋生態保護法第一百零一條的規定，不服勸阻，罪加一等！所以，這是你的罰單，我必須依法行事！」
大野狼說：「啊！什麼罰單啊！我怎麼這麼倒楣！」大野狼拿出口袋裡所有的貝殼來，說：「都還給你們嘛！還給你不就好了！」
大章魚說：「我先代替小寄居蟹們謝謝你！我並沒有罰你錢！」
大野狼說：「真的嗎？那真是太好了！」
大章魚警察先生特別交代著：「但是，請你看清楚，我在罰單上面寫著『大野狼必

須從明天起，天天到海邊來報到，幫忙撿垃圾，維護這片沙灘的潔淨，並且，幫忙寄居蟹媽媽維持海洋生態的平衡與秩序。』」

大野狼簡直快哭了出來：「啊？什麼嘛？」

大章魚警察先生安慰他：「別擔心！只要服務一年就好了！」

「我的天哪！一年……」大野狼哭著跌坐在沙灘上。

本文獲第二屆台中文學獎童話類第一名

—編委的話—

王海薇：

原來海龍王也有手機啊！不過大野狼也太好笑了吧！要一支牠不能用的手機，真是個不同凡響的故事！

簡　禎：

海龍王怎麼會有手機？海龍王的手機會長成什麼樣呢？大野狼又怎麼會撿到海龍王的手機呢？光看到這個題目，就會讓人覺得很好奇，會有一股衝動想要找來看。

許建崑：

生活加奇想，娛樂性很高。

畢卡斯基的名畫

插圖／Kai

李紫蓉

作者簡介

曾任信誼基金出版社編輯主任，
實踐大學兒童文學講師，
致力於童書創作與翻譯。
翻譯作品包括英德文圖畫書、
青少年小說及幼教叢書。

童話觀

我想一個好的童話具有詩的特質：
在精簡與音韻流暢的文字裡呈現鮮明的意象和魔幻的想像；
而最重要的是詩人的「觀」。
精確、深刻，並帶著返璞歸真的生命喜悅，觀世界，觀人生，觀自己。
一個動人的童話能感動所有讀者，無論他是六歲或六十歲。

這年秋天，野獸美術館展出了當代畫家畢卡斯基的作品：《和平，No.1》。野獸國的畫評家全都到場發表評論。

然而，他們一看到這幅畫全愣住了。這幅畫只是一塊被割出一道裂縫的黑色畫布，裂縫旁邊一坨噴灑上去的黃色圓形。

豬小姐想：「如果我不發表意見，人家會以為我沒品味。」

於是她說：「太有創意了！但那黃色用得不好，應該用大自然的綠色才對。」

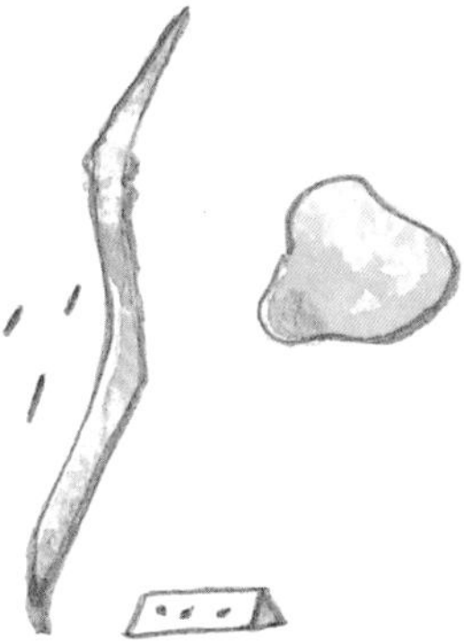

羊先生想：「我也要說點話，免得人家以為我看不懂。」

「不是顏色的問題，」他說：「那條裂縫要割成鋸齒狀才會更有力。」

貓小姐搖搖頭說：「不對不對，不是顏色或線條的問題。這作品根本毫無技巧可言，我貓爪一劃，搞不好比這更有效果呢！」

狗先生說：「哈哈！問題是妳的貓爪從來沒劃出過一幅名畫啊！如果真要批評的話，我會說這幅畫應該大一點，才會更有震撼力。」

兔子先生說：「各位畫評家啊，你們別在那兒自作聰明了！難道你們沒發現這幅畫最有價值的地方，就是無論正掛、倒掛、橫掛、直掛，都不會影響到美感嗎？」

狗先生說：「哈哈，笑死人了！從來沒聽過這麼愚蠢的畫評！」

就這樣，畫評家吵成一團，吵到最後還動手打了起來。

狗先生氣得抓起椅子往牆上丟，在牆上劃出了一道長長的刮痕。

兔子先生氣得抓起花瓶往牆上摔，在牆上噴灑出了一坨圓形的水跡。

這時，大家看看牆壁，又看看畫作，全都呆住了。

過了好一會兒，噗嗤一聲，大家全都大笑起來！

第二天，有更多人來美術館看畫了。

他們來看的不只是畢卡斯基的畫作，還有畫評家共同創作出來的即興作品：由畢卡斯基到場命名的《和平，No.2》。

——原載二〇一二年十月《小典藏》第九十八期

—編委的話—

陳冠伶：

很有趣而且點諷刺的感覺。畫評家們擔心別人看穿自己不懂畫，只好不懂裝懂，開始大吹牛皮、故弄玄虛，有點像《國王的新衣》的那些人物，真是鬧劇一場。

簡　禎：

這是一篇用擬人化手法撰寫的故事，很有創意。我最喜歡的是，它有一個非常棒的結局。

當然，它還有一個很吸引人的題目，讓人對於它的內容充滿好奇。

許建崑：
趣味中饒有寓意。

卷五
神奇驚悚請光臨

羊咩數羊

插圖／那培玄

施養慧

作者簡介

台東大學兒童文學研究所畢業。
當家庭主婦之餘，仍致力於童話創作，
希望能夠一輩子寫下去，因為兒童是國家的希望，
也是最純真的人類，可以為他們寫作，
是莫大的幸福與榮耀。

童話觀

童話是最浪漫的一種文類，
它不僅讓凡人上山下海，也讓人間成了有情世界。

羊咩是隻可愛的白綿羊，不過，他並不喜歡當綿羊。因為每到夜晚他們就得集體出動，到人類的腦袋瓜裡排排站，讓失眠的人一隻一隻的數，數到睡著為止。

「動作快點哪！」媽媽大叫。

「不要每次都遲到！」爸爸也說。

「這麼多羊……又不差我一隻。」羊咩說。

「這可是我們的榮譽！」奶奶雖然年邁，每到夜晚依然得出勤，誰叫人類那麼愛數羊呢！

「他們很討厭吔，幹嘛不數雞、數狗？就是要數羊！」羊咩邊走邊說，「哼！就是當隻山羊都比綿羊好！」

「山羊給人的印象不好，是固執的代表。」爸爸說。

「對啊！」媽媽舔了一下羊咩的臉說，「人見人愛有什麼不好？人類就是覺得我們太可愛了，才會選中我們。」

「那他們也覺得白兔很可愛呀，怎麼不數兔？」羊咩又說。

「兔子可不行，跳來跳去的，人類怎麼睡得著？數到一半可能還得起來抓兔子。」奶奶說。

「哈！兔子更可憐，人類喝醉酒，想吐的時候就說要去抓兔子，」爸爸說，「想想看，一堆兔子在馬桶旁邊排隊，多慘哪！」
「噁！那不是臭死了？」羊咩說。
「對啊，所以當綿羊算是很幸運的了。」媽媽說。
「可是，我都沒有時間玩。」
「就只想著玩，有個工作不是很好？」爸爸說。
「工作，有誰的工作是每天負責排隊呀？很無聊吔，叫人類自己來排排看！何況他們大都數到一百就睡著了，或者乾脆不數了，何必每次都要全部出動？又不是每次都會被數到。」羊咩邊走邊說。
「喔！千萬別掉以輕心，並不是每個人都一隻一隻的數呵！性急的人，有的會兩兩一數，也有五、十、十五一數的，最可怕的是十個十個一數的，很快就數完了。」奶奶說。
「竟然有這種人？」羊咩說。
「咩！」奶奶仰頭又翻了個白眼說：「有！那次我們來來回回的排隊，一個晚上被點了三十二次，四條腿都抽筋了。」
「那人真是太可惡了！」羊咩說。
「噓！別說了！」
羊咩一家四口已經在小凱的腦袋瓜裡就定位，隨時準備被點名。

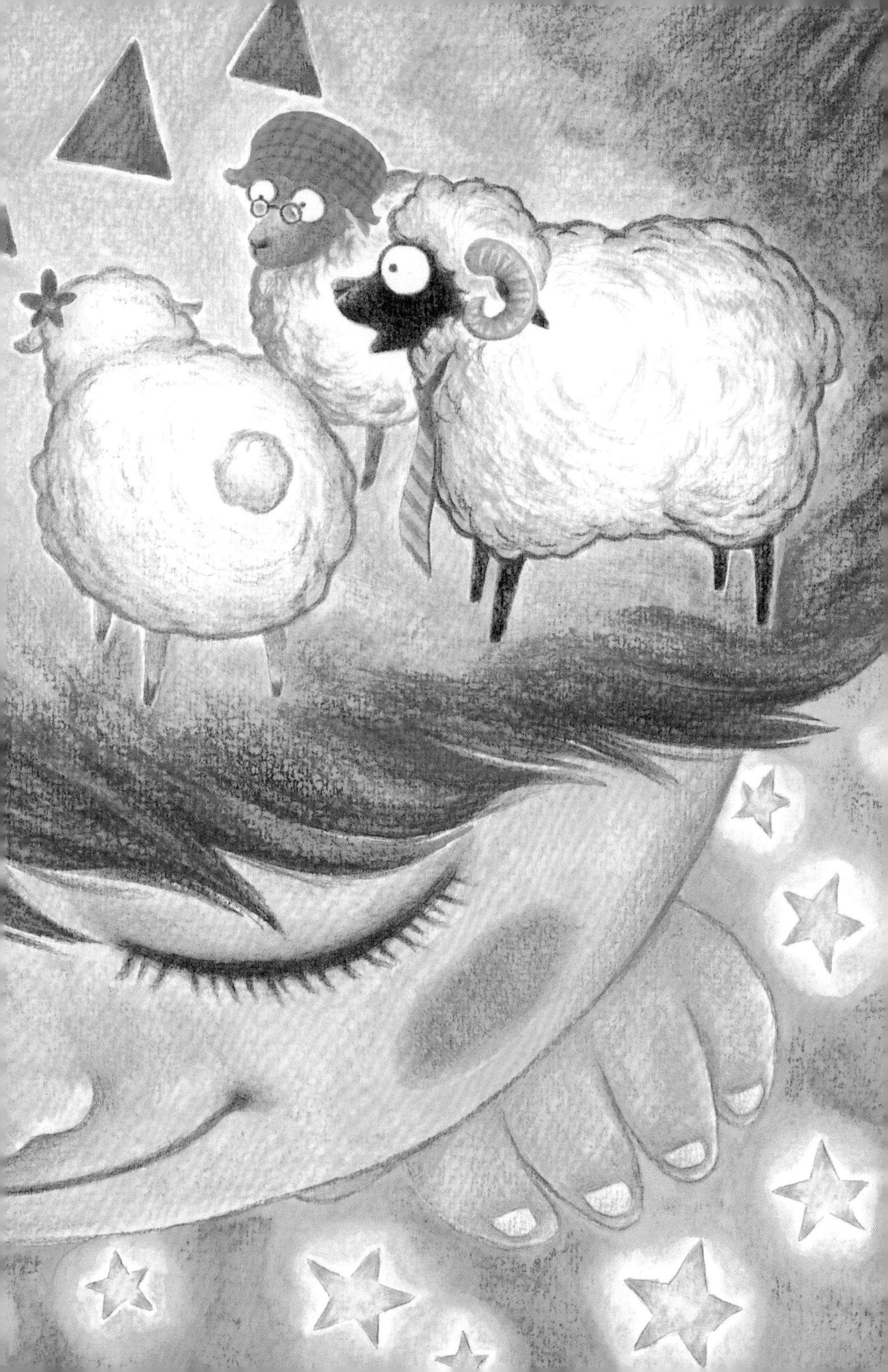

「嗯！」小凱閉著眼睛說：「不用這麼多隻。」他甩甩頭，只留下羊咩。

羊咩從沒遇過這種情況，緊張得像隻待宰的肥羊。

「什麼複製羊，桃莉羊算什麼？看我的厲害！」小凱一說完，腦海就出現一條槓，一閃一閃的朝著羊咩而來，羊咩還來不及逃跑，就被一個黑色框框罩住了。

接著也不知道小凱使了什麼魔法，只見到一個三角形的箭頭跟一些字，那個箭頭一會兒點了「複製」，一下子又點了「貼上」，羊咩的身邊就出現了另外一隻羊，一隻跟他一模一樣的羊！

羊咩目瞪口呆的看著自己的孿生兄弟，身邊的箭頭還不斷重複相同的動作。

「夠了！」小凱看著腦中那群複製羊，心滿意足的數了起來：「一隻羊、兩隻羊……」

從那天起，綿羊們不需要再集體出動了，這全是那個三角形箭頭的功勞。

「媽媽，我睡不著！」羊咩叫嚷。

「奇怪！我也睡不著！」媽媽說。

「你看，有個工作多好，至少沒有失眠的問題。」爸爸說。

「我這輩子第一次知道什麼叫失眠！」奶奶也說了。

「睡不著，那……數羊吧！」媽媽說。

「數什麼羊！我們自己就是羊，現在很多同伴在休假，把他們叫來，一定引起公憒。」爸爸說。

「對呵！我怎麼沒想到。」媽媽說。

「怎麼辦啦！我睡不著。」羊咩哀嚎。

「這樣吧！」奶奶說：「數那個三角形的箭頭吧！」

「嗯！好主意！」

「一個箭頭、兩個箭頭、三個……」

就這樣，羊咩一家數著那個為他們帶來自由的三角形箭頭，放鬆的、愉悅的進入了夢鄉。

——原載二〇一二年六月二十九日《國語日報・兒童故事》

—編委的話—

王海薇：

原來連讓我們晚上睡前數的羊都有自己的情緒，而且還是每天必行的工作，是一篇結合現代與較早的故事，挺有趣！

陳冠伶：

非常好玩的文章。「數羊」的失眠招數，竟然出現了電腦版，還可以不斷複製。更絕的是，有了複製羊之後，換成羊咩失眠，得數三角箭頭才能入眠。情節鋪陳非常有創意。

簡禎：

沒想到羊也會數羊啊，這真是有創意的點子。作者把羊在被數的時候，以及在數羊的時候的兩種截然不同的感受，描述得既生動又有趣。

歐拉拉和雲霄飛車

插圖／劉彤渲

賴曉珍

作者簡介

淡江大學德文系畢業，高中時就想成為童書作家。
寫作超過二十年，出版童書二十餘本，並有韓文版和簡體字版。
曾獲金鼎獎、開卷年度最佳童書獎、九歌現代少兒文學獎、國語日報牧笛獎、
洪建全兒童文學獎、省教育廳兒童文學獎、上海童話報金翅獎、
好書大家讀年度最佳童書等獎項。

童話觀

童話是自由的，它可大可小，可長可短，可方可圓，可可愛可詼諧；
童話也有它的責任，我認為好的童話必須好看，
並具有閱讀後被思考的延伸意義。
因此，我期許自己的作品質重於量，
希望讀者讀完後心中能留下懸念，思考到什麼。

1.

在一個寒冷的冬至。

小山村裡唯一一家拉麵店，老闆剛忙完中午的生意。他手支著頭在桌子上打盹，夢見家裡十個孩子吵吵鬧鬧要糖吃，突然，一個陌生的聲音闖入他的夢中……

「我在尋找一座遊樂園，那裡一年到頭開滿了雪般的百合花。請問你知道有這樣的遊樂園嗎？」

老闆驚醒，抬頭看誰在說話，結果發出「啊……」一聲。

他目不轉睛瞪著進門的客人——那是個奇怪的小矮人，喔不，應該說是侏儒，他肩上背著一個看不出是灰還是藍的流浪包，頭戴一頂看不出是褐還是黃的小帽子，上頭縫一顆銀鈴鐺。

「嗳……喲……」向來伶牙俐齒的老闆，突然說不出話來，好像舌頭被獅子吃掉了。

侏儒臉孔漲紅，轉身就要走出拉麵店。

「喂，等一等，我可能知道你說的那個地方喲！」老闆連忙喊住他說：「像雪一般的百合花呀？……應該就是那裡沒錯吧。對了，你要找的那個遊樂園裡，是不是有座漆成夕陽顏色的雲霄飛車軌道？」

「對對對。」侏儒趕緊回頭。他興奮得鼻尖冒汗，眼睛閃閃發亮說：「只要坐上那個雲霄飛車，就能讓人得到自由與快樂喔！」

「有這種事啊？我倒沒聽說過。」老闆微微皺起眉頭，說：「那座遊樂園在北山山頂，從這裡步行過去的話，大概要四個鐘頭的時間。不過……唉呀，怎麼說呢！如果你早十年來就好了，那座遊樂園現在已經沒有了。」

「沒有了！」侏儒驚訝的問：「發生了什麼事嗎？」

「你不知道呀？我們住的這個地區，十年前發生了大地震。整整十年啦，那天也是冬至，我記得清清楚楚，深夜兩點七分，正當大家都在睡覺，突然一陣天搖地動、山崩河裂，我被震醒，趕緊拉起妻子，抱著小孩頭罩一條大棉被，拔腿快逃。那次大地震，死了好多人哪！屋舍倒塌，橋樑斷裂，我們的房子也沒啦！幸好全家人的命都保住了。現在想起來，還心有餘悸呢！

「山頂上的那座遊樂園，也因此全毀了。原本就荒涼的北山，之後開始傳出鬧鬼，大家漸漸都不敢往那邊去。原先住在那兒的幾戶種水果人家，也都陸續搬走。聽說這些果農們都遇過怪事喲！比方夜裡有人在屋頂上咚咚咚的跳舞，家裡的洗衣機莫名其妙的轉動，廁所裡的燈泡明明壞了、晚上卻突然亮起來，收音機裡播出不像是人唱的歌曲等等等。這些事聽了讓人起雞皮疙瘩呀！」

侏儒的臉色由明亮轉為陰暗。他閉上眼睛，沉默了一會兒，張開眼睛說：「我打定主意了，無論今天那座遊樂園變成了什麼模樣，我都要去看看。為了那座夢中的雲霄飛車，我已經流浪了五年啦！」

看來，這個侏儒有非去遊樂園不可的理由。老闆儘管心裡好奇，但基於禮貌，也不好意思多問。

湯鍋邊緣冒出的熱蒸汽在唱歌，嘟嚕、嘟嚕響得很好聽。

老闆說：「外頭天氣那麼冷，我給你煮碗拉麵，你吃飽了，暖呼呼的再上路。等回程時，你如果又路過我的店，也請記得進來坐坐喲！」

沒等侏儒回答，他就自顧自的下了兩把麵，切三塊厚叉燒，加兩顆滷蛋、筍乾和一把燙青菜。

「對了，我忘記說了……」老闆邊煮麵邊聊道：「你剛剛提到的那像雪一般『盛開』的百合花，現在也都沒有了，全部壞掉啦。」

「壞掉了！？」

「是啊，在那場大地震之後，整個震壞了。怎麼，難道你以為那些是真的百合花嗎？不會吧，呵呵呵。」

侏儒驚訝得差點下巴掉下來。他牙齒顫抖、帽子上的銀鈴鐺劇烈搖晃，卻沒搖出一絲絲鈴聲。

這些年來，不管是浮現在他的記憶裡，或是出現在夢中，那些盛開如雪、在風中搖擺的，怎麼看都是真真實實的百合花呀！

難道，這回他又搞錯狀況了嗎？

2.

侏儒名叫「歐拉拉」，那是他的本名，也是藝名。

曾經，他是一位小丑。

歐拉拉全家都是侏儒，世世代代都當小丑。他的父親說：「這是我們的『家族宿命』。」

以前跟著馬戲團時，只要晚上有演出，全家人總是在下午四點鐘就吃晚餐。歐拉拉還記得，陽光透過他們的篷車窗簾、如金粉般灑在父親的臉上，他嚼著拌有細香蔥和油醋醬的馬鈴薯沙拉，一派詳和的說道：「當每個嬰兒要降生地球時，神都會為他準備好一個旅行袋，外形就像一對翅膀，這裡頭裝著命運和天份。我們都是背著這個注定好的旅行袋，來到世界上的，所有該做的事、會遭逢的命運，上天早都已經決定了。因為這對翅膀旅行袋是隱形、看不見的，所以，大部分的人總是花了一生的時間在尋找它。相較之下，我們家族的成員多麼幸運哪！因為我們都是打從一出生，就知道自己將來該做什麼了。」

「那是因為我們都是侏儒吧……」歐拉拉在心裡大聲頂撞父親說：「我們是醜陋、

可憐，又低人一等的侏儒，所以只能當小丑了！」

歐拉拉痛恨父親那種接受命運的安詳態度，更痛恨他那套「自我安慰」的宿命論。

宿命到底是什麼呢？

如果照父親的說法，就是說，因為神讓他註定是個童話小矮人，所以他就只能一輩子裝瘋賣傻，逗一群跟自己毫不相關的陌生人哈哈笑嗎？

父親的想法太消極了。

他才不要這種宿命呢。他恨自己是個侏儒，他要革命，要狠狠的擊倒這不公平的命運！

平日當他練習耍盤子，或是學習在氣球上倒立時，總是兩眼失神，彷彿漂浮在外太空；現實世界裡的什麼他都看不見，也聽不見。

只有一陣子，他又暫時回到地球上，那是因為他戀愛了，他偷偷愛上了馬戲團裡新來的女馴獸師。

害羞的歐拉拉，鼓起勇氣遞出了生平的第一封情書，結果，卻被對方跟籠子裡的八隻獅子當成笑話。「癩蛤蟆還想吃天鵝肉。哈哈哈！」連獅子們都大聲笑他，都看不起他這個小侏儒呢。

歐拉拉傷心欲絕，他第一次嘗到命運揮拳給他的教訓，誰叫他不好好接受宿命。

但是，當歐拉拉擦乾失戀的淚水之後，心裡還是不服氣。他想：「如果我無法正面擊倒命運，那我乾脆就逃，讓命運永遠抓不到我。」

他決定離家出走，還特地挑了一個烏雲密布、不會被星星月亮看見的夜晚。為了不想被躲藏在家裡的「家族宿命」聽見，他也不敢跟父母親、爺爺奶奶和七個兄弟姊妹道別，就偷偷溜走了。

歐拉拉只帶走了一頂小帽子，那是他五歲生日時，奶奶送他的生日禮物。她在帽子上縫了一顆舊舊的銀鈴鐺。

「奶奶，這顆鈴鐺為什麼不會響呢？」小歐拉拉搖著帽子問。

奶奶深深注視著他的眼睛說：「歐拉拉你記著，這是一顆『幸運之鈴』，很久以前，馬戲團裡的一個吉普賽女巫，送給你爺爺的爺爺的爺爺。現在它是你的了。無論你到天涯海角，這顆鈴都會保佑你、指引你，你只要學會仔細聆聽，當你找到屬於自己的『幸運』時，它就會搖響、發出如星星閃爍般的鈴聲喲！」

那夜逃離家後，歐拉拉只知道埋頭一直跑、一直跑，根本不敢回頭看，他怕命運緊追在後頭，就要伸出魔爪抓他回去了。

他跑了好幾個小時，腦中不斷自我催眠般的告訴自己：「今生今世我再也不當小丑了，今生今世我再也不當小丑了……」

突然，他感到一陣天旋地轉，不小心絆到了石頭跌一跤，腦袋埋進露水沾濕的草叢裡。不知道過了多久，身心終於平息了，他才發現周遭是一片比冰河還冷的寂靜，連青

蛙和蟲子都不叫。他才知道根本不用害怕，命運根本沒有跟來呀！

歐拉拉抬起頭、挺起胸膛，哈哈大笑。笑聲飄到很高很遠的天邊，那裡看不見半朵烏雲。

他相信已經擺脫掉宿命了。從今以後，他要追尋他的自由啦！

3.

自由究竟是什麼？

歐拉拉其實不懂，但是他總得給自己一個答案啊，因此他說：自由就是愛做什麼就做什麼，不會有人管。

離開家後，他到了一個號稱全世界最自由的城市，遇到一群全世界最自由的年輕人，住在一棟七年沒有繳房租的破公寓裡。

這群人每天都為所欲為，做一些自認為有趣的事情，比如說：花一整夜拔掉整排行道樹的樹葉；撈光公園池塘裡的金魚、丟進一堆破皮鞋；給美術館前張貼的海報人像畫眼鏡鬍子；在野貓的耳朵裡丟鞭炮……等等等。

他們不洗澡，不換衣服，高興什麼時間吃飯睡覺，就什麼時間吃飯睡覺；公寓水槽裡堆積沒洗的髒碗盤餐具，已經堆到天花板那麼高了，最後還蔓延到廚房和客廳地板上，等完全沒有乾淨餐具可用時，他們乾脆用髒兮兮的手抓食物，三個月沒剪的指甲縫裡，卡滿了汙垢和鼻屎。

這種邋遢、放任的生活能過多久呢？到最後，他們乾脆連動都不動，躺在地板上跟蟑螂老鼠窩在一起，一袋袋垃圾拿來當成枕頭棉被，嘴巴有氣無力的發著牢騷說：「唉喲無聊死了，什麼都玩膩了。怎麼搞的啊，這個世界上有趣的事情那麼少，我們的時間卻怎麼都用不完哪。」

歐拉拉也覺得這種「自由」的日子過久了，實在沒意思。他甚至連睡覺都不作夢了，他的腦筋變成空白，就像秋天掉光了葉子的銀杏樹。

有一天，這些年輕人們心血來潮，把「有趣的事情」動到了歐拉拉身上：他們把他當成小玩偶耍弄，給他穿垃圾袋，頭戴髒拖把，還用一條舊繩子綁住，當成小猴子牽出門。

就算在馬戲團裡表演時，歐拉拉都沒有遭受過這樣的侮辱，他的心靈遭受到很大的傷害。

那天晚上，他踩著凳子、站在浴室鏡子前，看著骯髒鏡子裡映照出的臉孔——那是一個扭曲變形、多麼醜陋的小矮人呀！才不到一年的時間裡，他彷彿已經老了五十歲。

他嘆口氣，感覺自己好像是封死在果凍裡的芒果丁，他現在的生活，完全處於一種無力改變和無法選擇的狀態，這算哪門子的「自由」嘛？

「我再也受不了這種生活啦！」

於是，他離開了這個最自由的城市，開始了漫無目的的流浪。

這樣的日子又過了三年，他帽子上的銀鈴鐺光澤越來越黯淡，他每晚睡前吐口水努力擦都擦不亮。

「唉，為什麼我越來越不快樂呢？總覺得每天的時間都浪費在沒有意思的事情上。」

突然第一次，他閃過了個念頭，想找一件有意義的事情來做。

但是，什麼是有意義的事呢？

有一回，他旅行到一個愛斯基摩人的村莊，因為吃了不乾淨的鱈魚拉肚子、發燒病了好幾天。那幾天他日日夜夜作夢，夢裡反覆出現一座雲霄飛車的軌道。那座軌道漆成夕陽的顏色，讓人想起了冬天懸掛在枯枝上、熟透了的橙紅色柿子，有一種異常懷念的感受。

病好了之後，即使不作夢，歐拉拉只要閉上眼睛，心底也能悠悠的浮現出那座雲霄飛車軌道的影像，他的心立刻變得很溫暖，心情也變得很安詳。

「我怎麼覺得，好像曾在哪裡見過那個雲霄飛車軌道和遊樂園呢？」

他努力翻索腦中記憶的盒子，終於想起來了——對啊！那是他四或五歲時短期住過的遊樂園嘛。

在他的記憶裡，那兒滿園都是盛開的野百合花，花的顏色像雪，溫柔安靜卻光芒刺眼。

當時，他的爺爺奶奶和父母親在遊樂園裡演出，很受歡迎。

他還記得每晚十點半，遊樂園送走最後一批遊客，「匡啷！」一聲大鐵門關上後，他最期待的「神奇晚會」就要上場啦。

那時候，夜間警衛叔叔和小歐拉拉有一個祕密協定：他每晚都會偷偷打開電源，允許歐拉拉玩一項園裡的遊樂設施。

「只准選一樣，不能貪心喔！」警衛叔叔摸摸他的頭說。

歐拉拉簡直就像童話裡的幸福王子，他每天唯一的煩惱是：今晚該玩摩天輪好呢？還是八爪章魚、咖啡杯或是海盜船？

歐拉拉嘴裡發出「嘖—嘖—嘖！」猶豫不決的聲音，裝模作樣了一下，最後突然說：「我要坐雲霄飛車。」他的腦袋低垂著，語氣充滿了試探性，因為，他早猜得到答案了——

「不行！」警衛叔叔的臉會變得很嚴肅，斷然拒絕說：「你想玩什麼都可以，就是不能搭雲霄飛車，因為你的年紀太小、個子太矮了，不符合安全規定，那個三百六十度大旋轉對你很危險，還是等你長大長高了再玩吧！」

但是，歐拉拉一天天長大，他努力吃飯就是不會長高。他永遠達不到可以搭乘雲霄飛車的身高標準。

後來，他那對游牧民族似的、四處討生活的父母親，駕著篷車，帶全家人離開了這個遊樂園。他們再也沒有回去過那地方。

而如今，他怎麼會突然夢見那個雲霄飛車呢？

歐拉拉以前在馬戲團時，常常跟算命的吉普賽女士聊天。她總愛說：「每個夢境，都有它發生和存在的意義。」

「我知道啦。」歐拉拉乾脆為自己解夢說：「我現在會不快樂，都是因為童年時沒有坐到那個雲霄飛車，心理沒有得到滿足造成的。」

這麼說來，他終於發現一件「有意義」的事情了：他要找到那個遊樂園，找到那個雲霄飛車。

「我相信，只要能夠坐一次那個遊樂園裡的雲霄飛車，我就會得到快樂，也能得到完全的自由了！」

歐拉拉的眼神充滿了嚮往，他又再一次彷彿催眠般的反覆跟自己說。

4.

此時此刻，歐拉拉正走在通往遊樂園的山路上。

他已經走了兩個多小時了，途中沒有遇見一個人，也沒有攔到一輛便車。舉目所見，只有一望無際的草原、樹木，和遙遠的雲。

這條山路越走越荒涼，兩旁長滿了比人還高的芒草，甚至延伸到路中央。一個人走著走著，不知道怎麼搞的，歐拉拉感覺腦子裡好像出現了奇妙的「幻覺」……

就是剛剛，突然有幾道白影閃過他的身旁，匆匆說了句：「對不起借過一下。」

他停下腳步，眨眨眼睛仔細看，咦！什麼都沒有哇。

繼續走幾步，耳中好像聽到細細碎碎、彷彿一群小孩掩嘴竊竊私語的笑聲。

「大概是風在開玩笑，或是遠方的鳥在叫吧。我別胡思亂想啦，不快一點，天就要黑了！」

他邊安撫自己邊加快腳步趕路，但是，心頭怎麼都揮趕不掉，拉麵店老闆告訴他北山鬧鬼的事，草叢裡好像暗藏著一雙雙大眼睛，骨碌碌緊盯著他瞧。

「不要疑神疑鬼了。」為了驅走這莫名的孤寂和恐懼，他跟自己說：「把腦筋轉回來，想想關於雲霄飛車的事吧。」……

就在五年前，他丟下水槽中清洗一半的髒盤子，走出打工的義大利麵餐廳，出發尋找夢中的雲霄飛車。

大概因為心中有了一個明確的目標，他的步伐輕鬆愉快，這也是他離家出走多年以來，第一次有如此踏實的感受。

很奇怪的，原本以為那只是一個小小的目標，但因為睜眼閉眼都想著它，它就變得越來越重要了，到最後，自己竟然變成它的「俘虜」，彷彿如果找不到這個雲霄飛車，這輩子飯再也吃不香，覺再也睡不安穩了。

歐拉拉一遍又一遍的告訴自己：只要他能搭上這個雲霄飛車，遨翔於星星、月亮和宇宙之間，在三百六十度大旋轉處盡情尖叫，他就能得到解放，能擺脫掉人生的所有問題、困惑，和身為侏儒的宿命與悲傷，他也將能得到永遠的自由了……。

就這樣走著、想著，天邊已經浮現了第一顆星星，彷彿睡眼惺忪的微微閃爍。歐拉拉也看到了浮現在薄暮中，山頂上的那座廢棄遊樂園。

當真實目睹時，歐拉拉才發現這裡不僅已經變成廢墟，根本就像個鬼城嘛，陰森森的，比他早先預期的還要悽慘、荒涼上五十倍。

遊樂園裡所有的遊樂器材都已經生鏽了，有些還腐朽傾倒了呢。只有野生藤蔓生機勃勃的，四處攀爬纏繞，好像要使盡全力勒死整座遊樂園。

夜風呼呼的吹，霧氣悄悄的升起。歐拉拉踏著沉重的腳步，走過殘破不堪的售票亭、旋轉木馬、碰碰車、噴泉音樂台……，一股深深的哀傷湧上他的心頭。

歐拉拉想：這世上沒有一個地方，會比一座廢棄的遊樂園看起來更淒涼的。同樣道理，這世上也沒有一個人，會比一個不快樂的小丑看起來更悲傷的吧！

他終於找到記憶中，那如雪一般的百合花，原來，那些全都是電燈，根本不是真花呀，難怪會一年四季盛開，光芒刺眼。如今，那些電燈也全都壞了，不會亮了。

嘎拉嘎拉嘎拉……，唏嗚唏嗚唏嗚……，呼嚕呼嚕呼嚕……

從剛剛，歐拉拉就不斷聽見，天空中傳來彷彿幽靈哭泣的聲音。他抬頭看，「啊！」的驚呼一聲，那，就是他朝思暮想的雲霄飛車嗎？怎麼會變成這個樣子呢？……

出現在他眼前的，是一座斷軌的雲霄飛車。軌道截斷處，正好在三百六十度大旋轉的末端，使它看起來就好像是一隻人類被截肢的斷腿，孤單、無依的指向天空。

風在斷軌間穿梭遊戲，發出那鬼魅般的哭聲。

歐拉拉雙腿一軟，癱坐在地上。「這，就是我花了五年時光所尋找的人生目標嗎？可惡、可惡啊！」悲傷排山倒海而來，他放聲大哭，哭得比

第一次失戀時還要悽慘二十倍。

「嗚嗚嗚，一座斷軌的雲霄飛車有什麼用？不過是一具矗立在空中的巨大垃圾。而我，一個殘廢不良的小侏儒能做什麼？不也是世上一個毫無價值的小垃圾嗎？」

他的心徹底絕望，流再多的眼淚，也無法填補他空洞的心。

但他還是一直哭、一直哭，天空中那顆唯一的小星星，發出一閃一閃溫柔、慈悲的光芒，彷彿唱著什麼歌曲似的安慰他。

歐拉拉的眼淚哭光，力氣用盡了，心情也慢慢的平靜。他靠著鏽跡斑斑的警衛亭一角，蜷縮著身體，像個嬰兒般沉沉的睡著了……

5.

有一道光，噢不，是萬道光芒刺痛了歐拉拉的眼皮。他驚醒、揉揉眼睛，等適應了光線後嚇一大跳，發現眼前盛開了一大片雪一般的百合花。

不！那不是真的百合花，而是電燈，至少有上千盞，它們合力發出刺眼的光芒。

耳邊還有音樂，多讓人懷念的旋轉木馬音樂啊，彷彿打開了古老的音樂盒子；空氣裡則飄盪著濃濃的奶油爆米花、炒麵、炸熱狗和棉花糖甜絲絲的香味。

「這是怎麼回事？難道我在作夢嗎？這裡怎麼變得跟我小時候的情景一模一樣？」

歐拉拉不禁站起來，東南西北瞧上一圈。

「砰、砰、砰！」前方的七彩煙火、花車遊行隊伍和歡笑的人群……，這一切究竟是什麼時候、又是從什麼地方冒出來的？原本那個荒廢死寂的遊樂園哪裡去了？

歐拉拉呆立了三秒鐘，心想：「我要不是誤闖了魔法世界，就是遇上了狐仙作怪或狸貓變法啦！」

看看遊樂園裡這些來往的遊客們，雖然都長得人模人樣，也都穿著合宜的服裝，但是仔細瞧，有些人頭上長出兩隻兔耳朵，有的眼睛大得像貓頭鷹，有的鼻子就像果子狸，還有的屁股拖著一條蓬蓬的狐狸尾巴。

歐拉拉這下子更肯定了，他們都是山裡的野生動物變成的。

「這是個魔幻之夜……在冬至的夜晚，死亡的遊樂園復活了，小動物們瘋狂派對吧！」他似乎被眼前這個夢幻美麗的夜間遊樂園迷惑住了，眼神陶醉、喃喃自語，完全都不感到害怕。

巨大的呼嘯聲從空中飛馳而過，他急忙轉身抬頭看，看見了他夢中的雲霄飛車：那條軌道完美如新，在強燈的映照下，就像一條橙紅色的巨龍、華麗又神祕，而一列長長的雲霄飛車，正滿載著一群瘋狂尖叫的大人小孩，玩得不亦樂乎。

歐拉拉彷彿看見失而復得的寶貝，跳起來大叫：「那是我的雲霄飛車呀！這回，我說什麼都不能再錯過了，我一定要坐到它。」

他用最快的速度，跑到雲霄飛車售票亭，發現票亭前大排長龍，好不容易排了一個鐘頭的隊，終於輪到他買票時，長得像黃鼠狼的售票小姐冷冷的對他說：「對不起，你不能坐。」

「為什麼不行？」他想到自己大概又是身高太矮了吧，儘管有點心虛，他仍裝出理直氣壯的表情，指指後頭幾位長得像松鼠的遊客說：「那幾位的個子那麼小，也一樣在排隊買票想搭雲霄飛車啊！」

「不是個子大小或高矮胖瘦的問題啦，是你的錢，你的錢不能用。換下一位！」售票小姐很不耐煩，滿臉不高興的嘀嘀咕咕說：「忙死了，怎麼搞的，今晚全部的遊客都想搭這個鬼雲霄飛車。」

歐拉拉被後頭排隊的人潮硬生生推開。他仔細看，別人拿的都是一張張淡綠色、樟樹葉子形狀的鈔票。

他傻愣愣的想：「在這個節骨眼上，我去哪兒打工賺能用的鈔票呢？」

歐拉拉頭垂著像一朵吊鐘花，漫步走過跳舞廣場，那些音樂和歌聲他全無心欣賞。幾個

$100

八角形的彩色帳篷，流淌出如水般溫柔、金黃色的光，還傳出笑聲，原來裡頭正在演出節目呢。

突然，帳篷裡衝出一隻戴高帽子、留兩撇八字鬍的山貓，嘴巴嘟嘟囔囔嚷著：「小丑，我們馬戲團的小丑先生在哪裡？再過七分鐘就輪到他上場了。老愛給我鬧失蹤，又給我添麻煩……」

他看見歐拉拉，一把拽住他的手臂說：「原來你在這裡呀，唉喲小丑先生，你怎麼穿得像個流浪漢呢？快快快，別老要觀眾等你。」說著急急忙忙就要推他進帳篷。

「我……小丑先生？是……喔不，不是啦……！」

「你又想偷懶了，這是個壞習慣喲！」山貓根本不讓歐拉拉有解釋的機會，硬拖他進去後台說：「幸好你臉上的妝已經化好了。動作快一點，把衣服換了！」

歐拉拉抬起頭，看見化妝鏡中映照出的自己——啊，什麼時候他的臉上已經塗滿了油彩，已經畫好一張香蕉形狀的大嘴、星星圖案的眼睛和紅番茄似的小丑鼻子？

難道是剛剛在睡夢中，被狐狸施了法術啦？

幾年前歐拉拉就發誓，這輩子再也不做小丑了，但是，今晚他必須打工、賺幾張樟樹葉形狀的鈔票才能坐到雲霄飛車，因此應該可以當成「特例」吧。

「請問……表演結束後，我可以領到錢嗎？」歐拉拉問。

山貓團長氣鼓鼓的回答：「你又來啦，又想藉機跟我談加薪是吧？好啦，加就加，這事等演出結束後再談。現在限你三十秒內換好服裝，趕緊給我上台表演。」

說完，他咧嘴擺出一個職業式的笑容出場，先講兩個笑話暖場子。

歐拉拉在後台換上小丑服裝，看著自己在鏡中既熟悉又陌生的臉孔，算算距離他上次的演出，至少已經「老」了十歲。這麼久了，自己也不確定還記不記得爺爺奶奶和父母親教他的雜耍把戲。

「小丑、小丑，我們要看小丑！……」

前場傳來觀眾們的掌聲和熱烈歡呼。

「啊，他們在等我呢！」歐拉拉的胸口怦怦跳，身上有個抓不到的地方直發癢，他一緊張就會這樣子。

他閉上眼睛深呼吸四次，又為自己喊了三聲加油，睜開眼睛，勇敢的走向布簾外的燈光和群眾……

就在那幾秒鐘，隱隱約約的，他彷彿聽見空氣中傳來一種像是星星閃爍的聲音。但那聲音畢竟太微弱了，它很快就被潮水般的喇叭、鼓聲和觀眾們的吵嚷聲淹沒了。

6.

有四分之一秒的時間，歐拉拉突然想到：「可是，這些觀眾們拍手歡迎的人不是我，而是那個失蹤的小丑啊！」

但是又能怎樣呢？他根本來不及擔心了，因為他已經將自己拋入那輪耀眼的聚光燈下，開始表演了。

他首先唱支爺爺教他的詼諧歌曲，騎獨輪車繞場一圈。這首歌有趣的地方，就是在不斷重複的副歌旋律裡，穿插模仿了黑熊、野豬、山羌、猴子、雉雞和雲豹等各種動物的叫聲。

現場觀眾都樂瘋了，不停的鼓掌大笑。說的也是，他們其實都是野生動物變身喬裝的，聽見歐拉拉學動物的口技表演，就好像聽見一個外國人在說本國話，太逗趣了。

「哈哈，他們喜歡我的表演。掌聲就是最好的證明呢！」

這一來歐拉拉有了信心，耍寶也更帶勁了。

他接著表演自己最擅長的丟球，只見紅、白、藍三顆球，在他雙手快速拋接下，看起來彷彿變成了十顆球、二十顆球。然後，他又雙腳踩上一粒大球，滾著大球前進、後退、左轉、右彎，突然好像要跌倒了，踉蹌兩下之後又恢復平衡，觀眾們先被嚇得尖叫，知道上當後就哈哈大笑。

太妙啦！歐拉拉第一次發現自己全身細胞充滿了喜感，他是天生的小丑，只要憑著「本能」去表演，就能讓觀眾們開懷大笑。

他終於瞭解爺爺說的：「上台後什麼都別想，只要專注演出，盡情雜耍，你會感覺有一股看不見的神祕力量在幫助你。」

此時此刻，歐拉拉的腦中再也沒有什麼宿命啦，或是自由不自由的問題，他迫切想要的只是使出渾身解數，娛樂那些大人和小孩們。

歐拉拉覺得好快樂，他的臉孔發熱，嘴角真實的上揚了，變成一根香蕉的形狀。

演出結束，他深深一鞠躬，全場歡聲雷動。他盡情享受著掌聲，感到前所未有的光榮與成就感，早已枯萎的心靈花園，開出了一朵朵光芒耀眼的百合花。

空中飛人上場了，歐拉拉回到後台時，連汗都來不及擦就抓著山貓團長問：「下一段的串場還是由我上台表演嗎？」

「怎麼，難道你又想偷懶啊？」山貓團長瞪圓了眼珠子說：「不是你還有誰？接下來還有六段串場秀等著你呢！」

歐拉拉笑了，眼睛閃閃發光。太好啦！他想到自己還有好幾個笑話要

講，好幾支滑稽舞蹈想跳，最好，還有足夠的時間讓他表演丟茶杯茶壺、倒立吹小喇叭、用腳趾頭彈鋼琴……等等等。

當晚的馬戲團秀結束後，他和魔術師、馴獸師及空中飛人，一起出來謝幕五次。有一個小孩扯著媽媽的衣袖，興奮的指著他大叫：「看哪！媽媽，就是那個小丑啦，所有的表演我最喜歡他了！」

他被榮耀、掌聲和口哨聲沖昏頭了，竟然忘了一件今晚最重要的事……

直到回後台，山貓團長掏出三張樟樹葉形狀的鈔票遞到他手上，他才猛然想到：「啊！我的雲霄飛車。」

歐拉拉像火燒屁股似的，急忙衝出馬戲團帳篷，飛奔往雲霄飛車的售票亭……

東方已經微露曙光，天空透出鴨蛋殼般的淡青色。

當光線越來越亮，白天慢慢降臨，夜晚的魔法也漸漸消失了。

歐拉拉感覺四周的遊樂園景象越來越模糊，百合花燈光漸漸黯淡，古老的音樂聲停止，泡泡糖香氣消散，而遊客們的臉孔也開始變形——臉變尖、耳朵變長、身材變矮小，人聲也變成嘰嘰喳喳無法聽懂的吵鬧聲，然後，他們變成一隻隻獮猴、白鼻心、穿山甲、長鬃山羊和梅花鹿……，奔跑入草叢和樹林裡。

歐拉拉停下腳步，打開手掌，他捏在手心裡的那三張鈔票，不知何時已經變成了三張乾枯的樟樹葉子。

環顧四周，他又是單獨一人，站在原先那座荒廢的遊樂園裡。抬頭看，他夢中的雲霄飛車軌道依然斷軌。多少往事、回憶，如幻燈片般一幕幕閃過他的腦海，還有，昨晚發生的一切……

歐拉拉覺得從肚子裡，從心的深處，升起了一股混合著酸、苦和微微甜蜜的滋味，他默默的流下眼淚，卻說不出那感覺是悲傷還是喜悅。

不知道過了多久，晨霧靜靜的散去。又過一會兒，遠方傳來了小鳥清脆的叫聲。

他閉上眼睛深呼吸，感覺煥然一新。昨夜的「奇遇」，讓他的心靈產生了巨大的變化。

睜開眼睛，歐拉拉再次看向那座，他追尋了多年的雲霄飛車軌道。這次，在鏽跡斑斑、卻爬滿綠色藤蔓的斷軌處，他看見了一件有趣的東西：是牽牛花，被早晨陽光喚醒的紫色牽牛花。

他很驚訝如此平凡的野花，並沒有看輕自己，它充滿了生命力，努力開放，為死寂的斷軌增添色彩，並帶來希望。歐拉拉深受感動。

就在這一刻他聽見了那個聲音——彷彿搖動玻璃瓶裡的貝殼沙，又如星星閃爍般的鈴聲。

先前在台上表演時，他就好像有聽見類似的鈴聲，當時還以為是觀眾的手機在響，現在才發現，原來是他帽子上的銀鈴鐺響了。

「銀鈴響啦……莫非，我終於找到我的『幸運』了？」

歐拉拉笑了，他搖晃一下帽子，銀鈴鐺就響一下，再搖，再搖……叮鈴鈴鈴！叮鈴鈴鈴！歐拉拉笑得更開懷了。

對著雲霄飛車的斷腿，他心懷感激的行了三分鐘的注視禮。

「謝謝你這些年來，給我的夢想和希望，現在，我必須去做其他的事情。再見了！」然後，他步履輕快的走出遊樂園，吹著口哨下山。儘管一夜沒睡，歐拉拉此刻的腦筋卻異常清醒。

關於昨晚的事，他不打算告訴任何人，只想悄悄放在心底，偶爾想起來，自己回味。

下山後他要先去拜訪拉麵店的老闆，為他的十個小孩作一場小丑秀。

然後呢？

然後，他要找一個喜歡的城市，有樹木、河流、公園、草地、小孩，和一個可愛的馬戲團的城市，他要住下來，當一個全世界最快樂的小丑。

歐拉拉腦子裡充滿了未來的計畫，一路上口哨聲伴隨著鈴鐺聲，譜出了一首「幸運」的樂章。

噢不，正確說來是命運。

其實，奶奶送他的那顆銀鈴鐺叫做「命運之鈴」，他當時年記小、聽錯了。

不過，對此刻的歐拉拉來說，他終於找到的命運，與幸運並沒有區別。因為，只要你能專注聆聽，當心中的命運之鈴響起時，信任它，讓它指引你，你自然會找到屬於自己的幸福。那就是幸運了。

——原載二〇一二年四月《未來少年》第十六期

—編委的話—

陳冠伶：

奇幻而且充滿寓意的故事。侏儒歐拉拉拒絕爸爸的宿命論，想要逃脫命運的安排，追尋他自己的自由。他終於知道：只要能專注聆聽，當心中的命運之鈴響起時，信任它，讓它指引你，自然會找到屬於自己的幸福。作者的文筆很棒，他利用各種形容和比喻，營造魔幻的氣氛，吸引讀者進入歐拉拉的歡喜悲傷當中，並深深地體會到命運對歐拉拉產生的力量，看完之後，還會回味很久。

簡 禎：

這是一篇很熱血的勵志故事。作者透過歐拉拉的奮鬥故事，告訴我們要勇敢、要努力去追求夢想，而且一定要隨時做好充分的準備，在幸運之神降臨你身邊時，才能夠適時把握機會，實現自己的夢想。

許建崑：

怎麼樣的人生才是自由？活著才快樂而有意義？作者藉著不甘於當小丑的侏儒來述說這個故事。文筆順暢，結構完整，情節迷人。

嘰嘰嘰警察

插圖／劉彤渲

鄭丞鈞

作者簡介

台中東勢客家人。台大歷史系畢業，台東師院兒童文學研究所碩士。
曾任兒童雜誌編輯，現為國小教師。
曾獲台灣省兒童文學獎、文建會兒童文學創作獎、九歌現代少兒文學獎等。
目前已出版《我的麗莎阿姨》、《帶著阿公走》等書。

童話觀

我覺得我的童話，不太像童話，反而比較像故事。
因為寫出後，總覺得少了那種童話的純真感。
我想，這一定和我現在的心境有關，我整日在那裡煩這煩那的，
自然就不像「童話人」那樣，寫出有天真感的童話了。
我有點羨慕他們。

我是二十二世紀的機器人警察。二十二世紀沒有哆啦A夢，只出現很多像我這樣的智慧型機器人。

我穿戴深藍色警察制服、警帽，身上配掛警徽、警棍。這一身裝扮讓我相當自豪，因為不是所有機器人都有衣服穿。

只是，再怎麼有智慧或是自豪，甚至是自誇自己是「鐵打」的身軀（我是合金及塑鋼製成的），我的身體仍偶爾會出些小毛病……

1. 機器人警察

「嘰、嘰、嘰……」我每走一步，膝蓋的關節就發出一聲怪響，路上的行人及店家，都知道我需要進場保養。只不過，我都一直預約不到合適的時間，只好繼續拖著發出怪聲的兩腿，在街上巡邏。

我依輸入腦中的路線，依序走過書店、美容院、披薩店。還沒到咖啡店，「鐵桶子咖啡」的胖老闆就先跳到店外，攔住我：「你人還沒出現，怪聲就先傳來，這樣怎麼抓得到小偷呢？」

「那不是更好，」我笑著對老闆說：「小偷躲得遠遠的，永遠都不敢來偷東西。」

我知道老闆說這話沒有惡意。來到這轄區才半年，我盡心盡力的表現就獲得街坊鄰居的認同，大家都把我當朋友般對待。所以，熱情的胖老闆會跳出來說這些話，其實是想與我打招呼。

不過，我真的需要進場保養了。我巡邏的地方是熱鬧的商圈，很多逛街的民眾是外地來的，他們一聽到我腿上發出的怪聲，都忍不住斜眼偷瞧我。

我以不帶任何情緒，又不顯得冷酷的表情回迎他們，並掃描他們臉上的特徵。在與腦中通緝犯資料庫核對的過程中，我繼續留意店家及馬路上的狀況。

總而言之，我是個功能強大、永不喊累，但偶爾需要進保養場維修、保養的機器人警察。

巡邏完Ａ１、Ａ２這兩個區域，我來到馬路旁的小公園，一聲聲悲慘的小女孩哭聲，引起我的注意。

見我走去，一個大約十餘歲，中學生模樣的大女孩出聲趕我走：「你這個機器人走開！」嗚咽悲泣的小女孩則坐在她旁邊。

大女孩愈要我離開，我愈要走過去瞧明白。

「我不只是機器人，我還是個警察，」我邊靠近邊解

釋：「我身穿警察制服，配戴警徽、警棍，我是編號PB871025的警員。」

我的聲音帶著自豪及自信，但大女孩仍一臉不屑的說：「可是你還是機器人！而且是個有關節炎，關節發出怪聲的機器人！」說完，她的下巴誇張的晃啊晃的，然後「啵」的一聲，對我吐出一個口香糖大泡泡。

這種年紀的女孩，有時真讓人討厭。她們半大不大，不是什麼都懂，但又愛跟你唱反調。反倒她旁邊那個，應該只讀到幼稚園中班的小女孩，就很可愛。她嘟著嘴，眼眶滿是淚水望向我。

我一掃描完兩人的臉孔，立即研判出她們是姐妹。

「妳看吧，這麼愛哭，連有關節炎的機器人都受不了妳！」大女孩馬上數落她妹妹。

「可是、可是，我要媽媽——」說完，綁著兩根辮子的小女孩又哭出來。

「不是跟妳說過，媽媽不見了，找不到了！」大女孩狠心的對妹妹說。

「可是，我就是要媽媽，哇——」

原來如此！是與媽媽走散了！我馬上出聲安慰小女孩：「妳別哭、妳別哭，妳要媽媽是不是？我幫妳找。」

尋人的工作我在行，別說找人，連找狗、找貓我也擅長。

「你行嗎？機器人……」穿著T恤、牛仔褲的大女孩，不屑的斜眼看我。

「我是警察，我身穿警察制服，配戴警徽、警棍，我是編號PB871025的警員。」

我再次強調。

「你行嗎？」大女孩又問一次。她諷刺的聲音，像枝箭一樣的刺向我敏感的「心」。

根據機器人技師的說明，他們故意調高我對人類語句的敏感度。我可以立即感受到嘲諷、譏笑等語氣，因為這樣會激起我的「好勝心」，讓我更能勝任警察的工作。只是，太「好強」也會讓我失去機器人的理性、冷靜。不過技師又說，這樣讓我更具「人性」，能減少人類對我的排斥感。

因為有這樣的「先天設定」，所以我用更堅定的語氣回大女孩：「我當然行！」

「如果你行，那你就馬上去找我們的媽媽！」大女孩激動的說。

「沒問題，我馬上去！」

「記得，沒找到之前不要回來，有關節炎的機器人——」

在大女孩的譏笑聲中，我拖起兩腿，「嘰、嘰、嘰」的離開小公園。

2.找不到人

一離開那小公園，我心底就後悔起來。我一時衝動，忘了問那位媽媽的線索，比如她的名字、年紀、外貌特徵等等。不過我就是拉不下臉回頭詢問她們——尤其是想到大女孩那一臉看不起人的嘲諷模樣時。

我在街頭東尋西看，想盡量找看看有沒有一臉驚惶、忙著找孩子的女性公民。找了老半天，沒有！一個都沒有！

在這短短的時間裡，我幫一位老太太過馬路；然後她說陽傘放在超市門口，忘了拿，所以我又帶她過一次馬路。

我還幫兩條狗解決糾紛。本來牠們在打架，結果突然轉而攻擊我，我褲管上的抓痕可做為牠們襲警的證據。不過我只警告牠們幾句後，就放牠們走了。

最後實在沒辦法了，只好硬著頭皮回小公園。

「嘰、嘰、嘰……」遠遠聽到我關節發出的聲音，兩個坐在公園椅子上的女孩，馬

上抬頭看我。

這是我第一次為自己闢節發出的怪聲，感到不好意思。

大女孩嘴角一撇，冷笑起來，小女孩則眼眶含淚，對我說：「嘰嘰嘰警察，我媽媽呢……」

我本想解釋，我是編號PB871025的警員，不是「嘰嘰嘰警察」，但是大女孩沒給我機會，她馬上說：「他沒找到，妳沒看到嗎？只有他一個人回來！」

「對不起，忘了問妳媽媽的特徵，所以……」我心虛的說。

「你浪費我們十五分鐘又二十一秒的時間！」大女孩揮舞手上的手機，大聲吼我，沒想到她竟然在計時！

可能是失望，也可能是被姐姐的罵聲嚇著了，小女孩低頭啜泣。大女孩見狀，立刻將她摟入懷裡，還不停出聲安慰她。她總算盡到一些做大姐的責任。我對大女孩的評價好一點了。

得到一些線索後，我再次出發。看在她們姐妹倆感情好的份上，我再到街頭梭巡個幾遍都是值得。

這種父母與孩子走失的事件，其實不算少見，幸好大多以圓滿結局收場。然後，感激的家屬會不停的向警察稱謝：緊緊握住你的手，熱情的上下揮舞，像恨不得當場拆下你的手臂，帶回家當紀念一般。

一想到這大團圓的一幕，我心裡就喜滋滋的。只是，之前的時間——十五分又二十一秒——被浪費掉了，所以我將搜索功能開到最強，腳步也加快許多，走在路上，「嘰、嘰、嘰」的聲音也變得更響亮、更突兀了。

結果我把能巡視的區域查了兩遍，把行人及店裡的顧客掃描了三次，還是沒找到那位丟了寶貝女兒的媽媽。

別說我漏了小巷弄、下水道等陰暗地區——當我一開啟熱感應功能，連躲在牆角的老鼠也逃不過我的「法眼」。

只是我仍然沒有找到那位媽媽。

有一位外貌稍稍符合條件的婦女，但她一直辯稱自己不是我要找的人。我們在街頭拉拉扯扯，直到她說要到警察局告我，我才放走她。

其實，我一開始就知道，她應該不是我要找的人。我只是不願意面對事實。我的「自尊心」太強了！

我只能又窘又難堪的回小公園。

「又沒找到？又一個人回來？你又浪費了我們十分鐘又三十二秒的時間！」大姐姐的汙辱不算什麼，小女孩難過、失望的表情，那才叫我「心碎」！

「嘰嘰嘰警察……」小女孩淚眼汪汪的望著我。

我心裡想：「只要她能開心，不管她喊我什麼，我都不在意。」

3. 到派出所

不得已之下，我只好拜託她們姐妹倆，先到派出所等待。那裡的座位比較舒適，路人也不會察覺我的糗態。

「也好！」大女孩爽快的說：「反正我們時間多的是，而且那裡會有更多、更好、關節更健全的警察幫我們。」

小女孩沒多說什麼。她牽住姐姐的手，低著頭，慢慢的跟在我後頭。

派出所所長是一位嚴肅的主管，他聽完我的說明後，先用嚴厲的目光瞪視了我一會兒，然後說：「我給你一組密碼，連上警局資料庫，你更容易找到人。」

根據警局資料庫的線索，我可以立即擁有搜尋目標的圖像、過往資料。如果案件層級再高一點，授權密碼等級再高一些，我甚至能得到她上一筆的購物資料，以及她出現在街頭的最新畫面。

「不用了！我再到街上繞一圈！」不知怎麼的，一股莫名的硬脾氣上來，我立刻跨出派出所。

「你這個機器人，要什麼個性！」在所長罵聲中，我依稀見到大女孩又用嘲弄的眼神看我。

我想再到轄區繞一次，說不定這次運氣好，馬上就能找到人。

「嘰、嘰、嘰……」我走得更匆忙了，機件摩擦的頻率幾乎到達臨界值。再快一些，我的關節就會過度耗損。但我不管，一心只想到她們的媽媽。

來到商店街前，派出所所長聯絡到我。

「我給你密碼，你馬上登入資料庫。」所長冷冷的聲音，出現在我腦海中，讓我有些不舒服。不知怎麼的，我這時就是不想聽到他對我囉唆。

「我——」

「你現在就給我連上去！」

「可是——」

「別再浪費時間了！查完資料後，馬上回派出所！」

「嗶」的一聲，所長的聲音離開我的腦袋。

我莫可奈何的以無線傳輸的方式，登入警察局大資料庫。一輸入要查詢的人名與必要資料後，我當場愣在街頭。

可惡！我被大女孩耍了！

我的一片赤誠，竟被這不大不小的女孩耍弄！更可惡的是，她耍弄的，還是一位經國家核可、授予職權的警察——雖然是個機器人，而且關節需要進場維修保養的警察。

我不找了！

我「嘰、嘰、嘰」的往派出所方向疾走。轉過一個街角後，突然想起大女孩的妹妹

——那個叫我「嘰嘰嘰警察」、眼眶含淚的小女孩。

在我警告完大女孩（或打她一頓屁股）後，我該如何向小女孩交代呢？要老實跟她說，我真的沒辦法找到她媽媽嗎？

我腦海裡，不停浮現姐妹倆以及她們媽媽的影像。突然間，我的電子腦閃現出一個好點子！

我走進路旁的美容院及服飾店，向兩位老闆拜託完；又走進一間糖果店，拿了一枝顏色豐富、造型誇張，讓每個小朋友見了都會瘋狂的棒棒糖。

回到派出所，小女孩先怯生生的喊了我：「嘰嘰嘰警察……」

我臉上堆滿笑意，送上讓她眼睛為之一亮的棒棒糖。

接著，向垮著臉的所長簡單報告後，我把大女孩推到派出所外。

「你幹嘛！小心我向所長報告，說你對我不禮貌！」她恐嚇我。

「我想他會同意，先妳打一頓屁股！」

大女孩不服氣的瞪我。

「妳幹嘛騙我！」我先發制人。

「騙你什麼？」

「騙我到街頭找妳媽媽。其實，妳媽媽早在五個月前因病過世，對不對？」我很遺憾要對她說這些話。

大女孩臉色變了，但仍嘴硬：「我沒騙你，是你這個有關節炎的機器人自己要去找的！」

我把國家賦予我的職責，以及她剛剛因矇騙我可能犯下的罪行，分析給她聽，她這才安靜下來，但仍一臉不服氣。

「妳愛不愛妳媽媽？愛不愛妳妹妹？」我問。

「關你什麼事？」

「妳妹妹知不知道媽媽已經過世？」

「她……」一問到這問題，大女孩傲慢的表情突然消去一大半。

「Bingo！」我心中大呼一聲。就像電腦病毒找到入侵途徑，就像警察找到小偷的足跡，我得利用這機會加緊「追擊」。這種「偵訊」技巧，每位警察都要會。

「她一定很難過、很想媽媽，對不對？」我以富含感情的聲音說。

大女孩瞪著我，過了一會兒，才輕輕說：「她知道媽媽去世了，但有時還是會莫名其妙的要媽媽。像今天早上，她起床後……」

「就一直哭著找媽媽，然後妳就帶她出來，對不對？」我趕緊接話。

「嗯……」大女孩點點頭，眼眶竟有些潤濕了。此時的我，也不停的將對方臉部的表情、肌肉的顫動狀況、呼吸的次數等資訊，搜集到電子腦中做分析。

「妳一定很辛苦……」我說：「妳自己也很想念媽媽，對不對？」

「哼！」沒想到我一說完，大女孩的表情又變得冷酷。

青少年有時就是如此。我想，我永遠都猜不準，這年紀的男孩、女孩在想什麼。可是，至少我已知道她對妹妹及媽媽的情感。

「媽媽去世前，一定曾經要妳好好照顧妹妹吧？」

我是智慧型機器人，邏輯性強，而且我已經知道她媽媽的醫療報告與其他相關資訊。不過，我說這些話，並不是故意要刺傷她。

「關你這個機器人什麼事！」

「如果不想讓我對妳提告，如果妳想讓妹妹安心，就請妳配合我一下。」我故意強硬起來。

「……」

「妳手機裡有媽媽的照片吧！」我早已掌握她媽媽的模樣，但我不想讓她知道，免得她想太多。

「你到底要幹嘛？」

「請妳跟我走吧！」

4. 媽媽的模樣

我把不情不願的大女孩拉入美容院。

「你幹嘛啦！」大女孩叫嚷。

「跟妳一樣，想讓妳妹妹開心一些！」

我把腦中的計畫描述給大女孩及美容院老闆聽。

「無聊！」大女孩馬上抗議。

「可是說不定能讓妳妹妹不那麼難過。」我說。

「而且是妳先捉弄我，故意要我上街找媽媽的。」我又強調。

「如果妳不接受，現在就去派出所帶妹妹回家，因為我該做的都已經做了。」我語帶恐嚇的說。她曚騙妹妹，帶給妹妹一絲希望，接下該如何收拾殘局，得自己面對。

大女孩終於願意低頭，雖然嘴巴仍在嘀咕，但總算願意打開手機中媽媽的照片，讓美容院老闆參考。

過了十餘分鐘，經過吹整及上淡妝後，老闆得意的要大女孩抬頭正視鏡中的自己。

女孩一抬頭，簡直傻住了。

我滿意的點點頭，帶著大女孩到隔壁的服飾店。

服飾店老闆看完照片後，為大女孩選了一套較大人樣，但適合她的洋裝。

換完裝，扭扭捏捏的大女孩一看到試衣鏡裡的自己，又愣住了。

我知道她也想念媽媽，但我可沒那麼多時間讓她傻愣那麼久。我拉著她，「嘰、嘰、嘰」的趕回派出所。

我估計，那根棒棒糖應該也吃得差不多了。

大女孩一踏進派出所，我的創意和老闆們驚人的裝扮技巧，馬上顯現效果。

「哇——」看過她們媽媽照片的所長，立即換去嚴肅的面孔，露出驚訝的表情。

「啊——」嘴巴周圍黏著糖汁的小女孩，也張嘴喊。

「妳是媽媽……」小女孩對著大女孩說。

我將兩位女孩的模樣與媽媽的圖像進行比對，發現已稍有大人樣的大女孩跟媽媽滿相像。於是我請美容院及服飾店的老闆，將大女孩打扮成媽媽的模樣。

「她是妳媽媽，」我把事先想好的說

詞對小女孩說：「可是，她也是妳姐姐；妳想念媽媽的時候，可以把姐姐當成媽媽……妳看，妳姐姐多像媽媽呀！她也會像媽媽一樣愛著妳……」

可能是說得太像台辭，我發現兩個女孩都沒有聽我說話，她們只想緊緊抱在一起，相互依偎。

我還發現一向板著臉孔的所長，這時竟偷偷拿起面紙擦眼淚。

5. 有感情的機器人

「我不知道你這樣做對不對，」送走兩位女孩後，所長又板起面孔對我說：「不過，有些事我們的確幫不上忙。」

「我知道，所長，就像要我去找她們的媽媽……」我說。

「所以你這奇特的方法，有時在不得已的情況下，似乎也能發揮某些效用。」

「我只想讓她們知道，媽媽雖然走了，但媽媽的模樣仍留在她們身上。她們想念媽媽時，可以看看鏡中的自己，或互看彼此，這樣，她們的感情會更好，也不會那麼難過。」

「你這機器人，怎麼那麼有感情！現在的人工智慧實在太厲害了！」我看到所長眼眶又有淚光了。

「所長，我不只是機器人，我也是編號PB871025的警員。能為民眾服務，就是我們警察最大的快樂！」我特別強調。

「我知道、我知道，你是『嘰嘰嘰警察』！」沒想到一向嚴肅的所長，竟也學起小女孩說話。

我本想再與所長聊幾句，只是電子眼突然掃描到派出所外有狀況。

「所長，先失陪一下。」

我趕緊「嘰、嘰、嘰」的走出派出所，迎面而來的三個人，是美容院、服飾店及糖果店的老闆，他們來跟我要錢。

「去派出所找所長要，他會付你們錢，記得開收據給他。」我連忙強調。

我看了他們的估價單，還有點貴哩！應該會花掉所長三日的薪資！

幫大女孩裝扮、送小女孩棒棒糖，這些都要錢。只是，我這機器人哪有錢？當然去找所長要囉。

我三步併兩步的趕緊遠離派出所。果然，才走不到一百公尺遠，就聽到所長的吼聲：「機器人，你給我回來——」

我才不回去呢！他正在氣頭上，連最低階的智慧型機器人都知道，這時候不要回頭最好。

我於是「嘰、嘰、嘰」的，繼續在街上巡邏。

——原載二〇一二年五月《未來少年》第十七期

—編委的話—

王海薇：

智慧型的機器人果然不一樣，想出這個十全十美的辦法，照顧這兩個不平凡的小女孩。角色的刻劃生動，讓人看見了清楚的畫面！

陳冠伶：

這個故事裡的「反差」很大：很厲害的機器人，卻老是發出「嘰、嘰、嘰」的怪聲音；很酷的姐姐，對上愛哭的妹妹；熱心的機器人，卻碰到冷冰冰的姐姐。可是這些「反差」，最後還是得到了溫馨的結局。

簡　禎：

故事發生的時間在未來，可以算是一篇科幻童話。未來世界的警察竟然是個有感情的機器人，完全顛覆了一般人對於機器人的刻板印象，更能吸引讀者的目光。

許建崑：

作者將青少年叛逆的態度描述生動，以冷酷的面目隱藏了失去母親的悲痛。冷冰冰的機器警察，其實有最溫暖的心。

馬戲團的約定

插圖／李月玲

謝鴻文

作者簡介

兒童節生，天意註定和兒童有不解之緣。
創作兒童文學，冥冥之中也是天意神授的一個實踐行動吧！
現任教於虎尾科技大學通識教育中心，
並任SHOW影劇團藝術總監、林鍾隆紀念館執行長。

童話觀

童話不僅可以愉悅兒童，
我更期望自己書寫的童話可以擁有救贖的力量，
是那種讀完之後會有撫慰、淨化心靈的作用，
使孩子的心智態度與生命視野都昇華拓展。

1.

純白色的表演帳篷，在一群人費盡九牛二虎之力的工作下，終於搭建完成了。

遠遠看去，彷彿一塊巨大的蛋糕，擱在安達鎮的東南邊境，不僅吸引日光照射，更吸引安達鎮的老老少少熱切盼望與討論。

和平馬戲團的表演什麼時候開演？其實，連馬戲團內的工作人員也不曉得，一切聽從和平馬戲團老闆的指示，還要看安達鎮的狀況才能決定。

原來安達鎮所屬的哈哈國，已經和隔壁的哇哇國打了十幾年的戰爭了。最初，兩個國家是為了宗教信仰的問題，後來演變成國土的侵略，用水的紛爭，甚至一顆氣球飛越邊界，都有可能再引發一場恐怖的戰爭與攻擊。

十多年下來，頻繁的戰爭，造成無數人死傷，尤其是年輕人和小孩。年輕人是犧牲在前線，小孩們則往往是無辜者，也許只是在路上玩耍踢球，突

然一顆炸彈落下，還來不及反應，他們的生命就短暫的結束了。

因此，哈哈國的人民漸漸地無法哈哈大笑，每天都是愁眉苦臉的；哇哇國的子民無時無刻不在哇哇叫，像發瘋一樣，每天生活都很緊張慌亂。

兩個國家長年的打仗，土地生態遭到嚴重破壞，耗費了難以算清的物資，現在兩個國家都很貧窮，土地也不太能長出農作物，沒有東西吃的時候，人們甚至拿泥巴來吃。當然，各種疾病發生，也不算新鮮事了。

哈哈國的人討厭哇哇國的人，連他們國家不小心飛來的鴿子，也會遭殃被殺害。哇哇國的人不喜歡哈哈國的人，只要他們國家邊境一棵老樹樹枝長超過了，就會馬上被砍掉。

到過全世界不同國家去表演的和平馬戲團，就剩下這兩個國家沒旅行過，當他們決定先到其中之一的哈哈國，那真是多大的冒險啊！

「我們和平馬戲團，就是要讓世界充滿歡樂和平的，所以再怎麼危險的地方，我們也要去！」和平馬戲團的老闆語氣激昂的告訴團員，還有表演的動物們。

所以跋涉了千里，和平馬戲團終於來到哈哈國，準備從安達鎮開始巡迴演出。對安達鎮民來說，這真的像聖誕老人要來送禮物一樣讓人開心。

和平馬戲團的老闆觀察了幾天都沒有戰爭發生，選定了一年當中白天最長的夏至這一天開演。

期盼多時，開演這天，才傍晚五點多，觀眾已經排成好長好長的隊伍，好像安達鎮全部鎮民都來了，人聲沸沸揚揚，熱鬧好似節慶。雖然門票只要一元，還是很多人付不起，他們不得不沮喪的離開排隊隊伍，站在表演帳篷外，遲遲不捨離去。進不了場的孩子眼角掛著淚，也許只是聽一聽帳篷內傳出的聲音，就能讓他們想像滿足了。

2.

和平馬戲團即將開演，團員們忙碌起來，小丑在臉上塗白，再畫上紅色的大嘴巴；空中飛人和軟骨少女正在拉筋暖身，表演雜耍的演員拚命練習中；馴獸師仔細檢查裝備，主持人埋頭背台詞……。

觀眾看不到的帳篷另一邊，獸欄內的動物們也情緒興奮的等待著。

獅子在獸欄內繞圈，一邊張大嘴亂吼亂叫。

「獅大哥，你是想把觀眾嚇跑嗎？」一旁的老虎說。

「你誤會我了，我這叫開嗓暖聲，來，跟我一起做！」

「我想多睡一會兒，晚上表演有足夠的精神，跳火圈才不會出錯。」

住在對面的黑猩猩，嘴裡還含著香蕉，含糊不清地說：「獅大哥，老虎不暖聲，那我陪你，啊啊啊啊，咿咿咿咿……。」黑猩猩不管獅子有沒有說好，便自個叫起來。

聽到黑猩猩亂叫，他後面的獼猴兄弟，用力捂住耳朵抗議：「拜託不要叫了，難聽死了！」

但黑猩猩好像沒聽見，愈叫愈起勁，聲音變更大聲，獅子也不甘示弱，呼嚎回應。

再看黑猩猩旁邊的獸欄，那是一匹毛色雪白的馬，挺拔結實的尊貴模樣，應該是在王宮裡面被舒舒服服的豢養，住在這兒成為和平馬戲團的一員，實在有點不搭調。

白馬用他一貫平緩又帶點驕傲的語氣對獮猴兄弟說：「就讓他們鬼叫吧，幸好他們不是要上台表演唱歌，要不然這種聲音真的會把觀眾嚇跑，害馬戲團沒收入，我們也就沒好東西吃了。」

愛模仿人的鸚鵡，她看白馬的樣子總是有如見到偶像，兩眼炯炯發亮，一直點頭重複說：「白馬哥哥說的對，白馬哥哥說的對！」

馬來熊最安靜，他完全沒參與其他動物的談話，低頭吃著眼前的食物。

「喂！馬來熊，你也說句話吧！」鸚鵡轉頭對馬來熊說。

馬來熊依舊沉默啃著甘蔗。鸚鵡沒好氣的瞪他一眼，又轉頭看著白馬。

剛剛被牽去沖澡的大象，這時又被牽回來了，看起來的確乾淨清爽許多。

「嘿，你們在討論什麼，這麼熱鬧，再過一小時多就要開演了，大家準備好了嗎？」大象的口吻像是這群動物的領袖，連獅子都恭敬的豎起耳朵聽。

其實，和平馬戲團的動物不止這些，還有一尾不受歡迎的響尾蛇，近來他總是被帶在馴獸師身邊盯著，怕他會溜走。

還有一對海獅姐妹，可惜她們到了氣候乾燥的哈哈國，似乎水土不服而生病，現在還在安達鎮郊外的一家獸醫院治療中。

本來還有一隻棕熊，可惜年紀大了，不堪長途旅行，在到哈哈國之前便去世了。

剩下來的這些動物們，他們始終懷抱的夢想，就是成為和平馬戲團中受肯定的動物明星，可以永遠享受著觀眾的喝彩與歡呼。

尤其像黑猩猩與大象這樣，從二十年前和平馬戲團創立就進來，他們的生命，好像是為了表演而存在。他們早已忘記自己真正的家園——森林、草原——經過許多年，馬戲團便成為他們唯一的家了。

3.

開演前，獸欄外忽然一陣騷動。只見工作人員和部分馬戲團團員忙亂奔走，不知道發生什麼事。

「我聽到了，他們說——」鸚鵡耳朵靈敏，她先聽到人們說的話。

「發生什麼事，你快說呀！」獅子一急，爪子撲到獸欄上，樣子看起來頗兇猛。

「他們說，響尾蛇溜走不見了！」

「又是那討厭的傢伙，下次把他抓來當跳繩教訓他一下。」黑猩猩齜牙咧嘴地埋怨道。

「他有毒，你不怕他咬你一口嗎？」獼猴兄弟異口同聲問。

本來沒啥精神的老虎，爬起來說：「把他毒牙拔掉就沒事了。」

「虎老弟的辦法不錯喔，等眼鏡蛇被找回來，不如我們今天晚上就把他的牙給拔了，看他還敢不敢囂張惹事！」

「萬一沒找回來呢？」白馬說。

「那我們今天就衝出獸欄去找他，我們動物的鼻子比人類靈敏，一定可以把那壞蛋找回來。」獅子挺起胸膛，很有自信的告訴大家。

「大家別衝動，你們想想，其實響尾蛇也沒有做什麼壞事啊，他只是常常愛偷溜出去而已。」大象感覺其他動物對響尾蛇不太友善，趕緊幫他說好話。

「眼鏡蛇每次偷溜出去，一定會咬傷人，甚至害人死掉，上次表演到一半，還差點溜到觀眾席，把前排的觀眾嚇得驚聲尖叫，還有小孩被嚇到尿褲子，大象你忘了嗎？」

大象被鸚鵡反駁，他無話可說，因為鸚鵡說的是事實。

「大象你太健忘，還有心腸太軟了，哪一天那壞蛋也咬你一口，你還要幫他說話嗎？」獅子氣憤地說。

大象保持著風度，語氣平穩的說：「好吧，既然大家都這麼不喜歡響尾蛇，那我們不要跟他做朋友就是，但是衝出去找他，或傷害他，這我辦不到，我也不同意你們這樣做。」

白馬聽完大象的話，突然把「大象，大象，你的鼻子怎麼那麼長？媽媽說鼻子長，才是漂亮。」那首兒歌的歌詞改成：「大象，大象，你的心腸怎麼那麼好？媽媽說心腸好，才是漂亮。」白馬一唱完，把大家逗得開心大笑，很快就忘記剛才的爭吵。

和平馬戲團的這群動物就是這樣，長久相處自然有感情，彼此偶爾互相開玩笑，誰也不會在意。

不久，鸚鵡聽到馬戲團老闆走出來指示：「今晚響尾蛇的表演取消，該表演的人趕快去準備，其他人分頭去找，一定要仔細的找，這傢伙，今天找到我非剝了他的皮不可！」

老闆說完又氣呼呼走進帳篷裡。一群人像被洪水沖散，瞬間離遠，響尾蛇藏到哪裡了，誰也不知道。

馴獸師走進獸欄，對著所有動物說話：「剛才外面發生的事，你們可能也知道了，希望你們今晚表演不受影響，加油，好好幹活啊！」

然後，他牽引著總是乖巧安靜的馬來熊，準備去表演。

馴獸師拍拍馬來熊的頭，馬來熊抬頭仰望馴獸師，他覺得今天馴獸師的眼神裡，藏著他以前沒見過的哀傷。

是因為響尾蛇不見了嗎？但響尾蛇不見已不是第一次，以前也沒見過馴獸師的眼神會如此哀傷泛著淚光。馬來熊心想不對勁，看見馴獸師要走時，還回頭看了一眼其他動物，馬來熊的腳步忽然變得有點沉重起來。

4.

和平馬戲團的節目設計向來是小丑表演後，接下來就以真人表演和動物表演交替的方式輪流登場。

第二個節目是演員踩高蹺玩保齡球拋接的雜耍，馬來熊頂球和滾鐵筒的表演接在後面。馬來熊靜靜地坐在後台等待時，帳篷外的天空突然響起轟隆隆的戰鬥機飛嘯過的聲音，而且不只一架，至少七八架急速的飛掠上空。

場內的觀眾也有察覺到，大部分的人開始躁動不安起來。顧不得表演還在進行，已經有人急迫騷動地要離開。

一班全副武裝的軍隊，這時突然闖入帳篷內，眼神兇悍，手持著長槍的軍人占據各角落，他們的領隊衝到舞台中央，對著觀眾說：「所有人通通把手舉高，我們接到線報，今晚有敵國的間諜混進來了，現在我們要一一查驗身分……。」

夾雜在恐懼的尖叫聲中，那軍隊長的話還沒說完，夜空中乍現一道火光，不久，離馬戲團帳篷不到一百公尺遠的地方，發出一聲轟然巨響，一枚長程飛彈墜落，其震撼力馬上使附近的房子東倒西歪，樹折斷了，馬戲團這邊也逃不過災殃，帳篷整個垮掉，拖車貨車被翻覆震扁，獸欄區的鐵柵欄全部扭曲變形。

來不及逃的人瞬間被壓死，能逃的人則披頭散髮，灰頭土臉的狂奔，有的小孩跌倒了，嚎啕大哭，大人趕緊用抱的或拖著小孩在擁擠的人群中找生路逃出。就連一些軍人，也忘記保護人民的職責，惶恐的放下槍跟著逃。

獸欄這邊的動物也好不到哪去，鸚鵡有翅膀，體積又小，所以逃得快。白馬的右腳被彎曲的柵欄卡住，痛苦不已倒臥呻吟著，血汩汩流出，染汙了他一身純白的毛髮。鸚鵡無能為力，只能傷心難過的飛在白馬上頭安慰他：「你再忍耐一點，很快就會有人來救你的。」

黑猩猩自個將柵欄門踹開，招呼著抱在一起發抖的獼猴兄弟往外逃。黑猩猩要離開之前，他還叫喚獅子和老虎，可是遲遲沒有回音，後來才在附近一堆瓦礫殘骸中，看見被彈出去的獅子和老虎的屍體。黑猩猩與獼猴兄弟呆呆地站在那，默默地流下眼淚，祝他們安息。

至於大象，當他被發現的時候，也是被一大堆倒下的建物壓制住，僅露出龐大身軀的尾巴和後腿，一動也不動。黑猩猩與獼猴兄弟趕緊搬動所有東西，「快！快！快！我們一定要救出大象！大象，你有沒有聽到我們的聲音，你別睡著啊，再忍耐一下！」黑猩猩的聲音又急又悲，他是真真切切喜歡這個和他在馬戲團奮鬥二十年的夥伴，噙著淚，拚命挖掘著，心快碎了。「快！快！快！」那聲音，在煙硝瀰漫的空氣中飄盪，聽起來很感人。

黑猩猩終於看見大象的臉，他又激動又興奮的拍著大象，「夥伴，快醒一醒，我們來救你了。」一滴眼淚無聲地滴到大象的臉上。

昏昏沉沉的大象，意識還清楚，他聽見了黑猩猩的聲音，眼皮微微動了一下，耳朵也試著要揮動揮動，慢慢地，慢慢地，他甦醒過來，把眼睛睜開，嘗試要起身時，砰一聲，又倒下了，原來他的腿受傷了，身體也有多處傷痕。可是大象沒有吭半聲，他再試了一遍，還是站不起來，重重一摔，害獼猴兄弟不忍心看而遮住了雙眼。

還沒演出的馬來熊則失蹤了，一時找不到蹤影。

馬戲團進駐搭建的整個廣場，此刻是一片狼藉，亂七八糟的景象宛如荒涼的廢墟或垃圾場。遠方還有炮彈轟炸後燃起的熊熊大火，在沒有路燈的夜色中顯得特別明亮。

新的戰爭攻擊行動，摧毀了一切。和平馬戲團的老闆亦不見人影，是生是死還不曉得。

5.

鸚鵡在這場戰亂中，被折騰的落了一大堆美麗的羽毛；不過，現在她已不去顧慮自己是否光鮮漂亮，她振翅飛翔，四處尋找馬戲團裡還生存的人，希望他們可以前去救白馬一命。

黑暗中，在一台貨車的車底下，鸚鵡幸運的發現了馴獸師。

馴獸師俯趴著，還有一絲喘息。鸚鵡用她的尖嘴輕輕啄著馴獸師的臉，馴獸師緩緩醒過來，身體僵硬的轉動脖子，他的額頭上有傷，血乾了，凝成一塊。

「啊，鸚鵡是你啊，能再見到你真好，我還以為自己再也不能……」馴獸師氣若遊絲，聲音渺小，話說到一半一直咳起來。

鸚鵡站在地上，她滿懷期待的看著馴獸師，希望他平安的爬出來，站起來，趕快去幫忙救白馬。

馴獸師也猜出鸚鵡的心意，他努力的爬出車底，衣服磨破了也不在乎，重新站起來，雖然身體非常酸痛，可是能活著真好！

鸚鵡二話不說，趕緊飛向前，引領馴獸師去援救白馬。白

馬奄奄一息的等待著，他相信鸚鵡的承諾。

馴獸師來到殘破不堪的獸欄區，費了一番工夫，總算把白馬被卡住的右腳掙脫出來。白馬不再是優雅俊美的樣子，虛弱得像只剛出生的小馬，連跟鸚鵡說聲謝謝都開不了口。

「鸚鵡，你去找點水給白馬喝吧！」馴獸師對鸚鵡說。鸚鵡很聽話，馬上飛出去找東西裝水。

馴獸師溫柔撫摸白馬的身體說：「你先休息一下，我去看看其他動物怎麼樣了。」

馴獸師靠著隨身攜帶的打火機一點點的火光，到處尋找其他動物。當他看見大象、黑猩猩和獼猴兄弟時十分高興，立刻衝過去抱住獼猴兄弟。

馴獸師這時再也無法假裝堅強，淚水突然決堤一般湧出，他告訴他們：「本來我跟馬戲團老闆約定好，這一次安達鎮的演出結束後，我就要離開馬戲團，去找一個很少人居住的地方，自己蓋一間小房子平靜過一生。如

果不能跟你們說再見，不能向你們說感謝就離開，我會遺憾終生的。」

大象、黑猩猩和獮猴兄弟充滿愛憐又尊敬的望著馴獸師。大象竭盡其力的發出嘶啞的叫聲，他想讓馴獸師知道，他還活得好好的，不會倒下去的。

黑猩猩也是通人性的瞭解馴獸師累了，這麼多年來，馴獸師在馬戲團付出，他的妻子因為不諒解和他離婚多年，帶走了小孩，從此不再和他聯絡，馴獸師心裡面的苦，還有他把動物當自己孩子調教，黑猩猩似乎都懂，於是黑猩猩也伸出手，非常憐惜不捨的摸著馴獸師的臉和他的頭。

馴獸師止住淚水，他微笑著，把獮猴兄弟和黑猩猩抱得緊緊的。一旁躺臥的大象看著，精神也變好了。

這一夜，他們就互相依偎著睡著了。

天空不再有戰機飛嘯聲，戰火也平息了。滿天星星一閃一閃，大地又恢復平靜。

隔天天一亮，廣場周遭又變得人聲嘈雜，災後重建與救難持續進行中。

馴獸師他們一覺醒來，驚喜的發現——鸚鵡和跛著腳的白馬，還有失蹤了一夜的馬來熊，竟然都平安的站立在他們身邊。

接著，馬戲團老闆也出現了，頭上和手臂皆綁著繃帶的他，帶來了獸醫，他還告訴大家一個不幸中的大幸消息：「獸醫說，海獅姐妹已經康復，可以歸隊了，還有你們在，我們還是可以讓和平馬戲團重新振作起來，帶給大家歡樂的！」

6.

經過獸醫的治療照顧，幾日後，受傷的大象和白馬都復原了。

所有動物們都很想知道，戰爭發生當時，馬來熊躲到哪裡，是怎麼逃過一劫的。

「你們忘記了嗎？我每次都要表演一個節目是滾鐵筒，帳篷倒場那時候，我就是鑽進鐵筒裡，不過後來鐵筒滾到哪裡去就不曉得了，幸好鸚鵡去找水的時候，她發現到我在裡面。」馬來熊娓娓說道。

「還好我眼睛靈光！」鸚鵡炫耀說。

恢復元氣後的大象，提到那天馴獸師說的話，他有一個構想，說出來徵詢其他動物的意見：「我有個建議，我們自己來辦一個演出，算是答謝馬戲團老闆和馴獸師多年來的照顧；順便也給人們免費觀賞，這時候人們最需要歡樂，好忘記傷痛。」

「我舉雙手贊成。」黑猩猩舉起雙手，露出一嘴黃牙嘻嘻笑地說。

看黑猩猩舉手了，獼猴兄弟也跟進。鸚鵡立在白馬背上，他們也點頭同意。

「馬來熊，你呢？」大象問。

「我當然同意呀！」馬來熊回答。

「太好了，過幾天海獅姐妹也回來，我們就努力表演一場吧，這就是我們和平馬戲團永恆不變的約定，我們是要帶給世界和平與歡樂的！」大象掩不住情緒的激動，說得口水滿天飛。

動物們響起一陣歡呼，站在遠方一輛貨車邊的馴獸師聽見了，遙遙遞給他們一個會心的微笑，還豎起了大拇指。

海獅姐妹看起來精神奕奕的歸隊，她們原先龜裂的皮膚復癒了，經過水潤澤，又有魚大餐可吃，她們愉悅的嗷嗷嗷唱起歌來。

表演本來還沒開始，所有的動物們索性就把海獅姐妹唱歌當作第一個節目。沒有正式的舞台，沒有絢爛的燈光，沒有觀眾席，動物們把他們暫時棲身的貨櫃當舞台，熱熱鬧鬧的讓馬戲團精彩節目重現。

許多工作中的人們放下工作，許多婦女牽著小孩聞聲前來，殘破的廣場又擠滿人群，如同戰爭發生前那一夜的景象。

人群中，不知何時還出現了一尾響尾蛇，他居然定靜不傷害人，悄悄地躲在一堆石礫旁，凝視著前方的表演。

鸚鵡學起馬戲團主持人說話：「接下來，掌聲鼓勵歡迎獮猴兄弟的拳擊表演——」

沒有人害怕這些動物怎麼忽然瘋狂作秀起來，而且沒有馴獸師的控制，廣場上一片鬧哄哄的笑聲，久久未散。

這天的太陽十分火辣炎熱，熱氣像要把大地烤焦，人們臉上流的不知是汗水或喜悅的淚水，每一張專注凝視的臉，沒有人想要離開。

——原載二〇一二年十二月十一～十三日《更生日報．副刊》

〔編委的話〕

王海薇：

戰爭好可怕，若能一切和平，不是很好嗎？為什麼要執意做什麼事，而傷害無辜的平凡老百姓？寫出了人民陷在痛苦的故事，感受深刻。

陳冠伶：

用馬戲團帶出戰爭的殘酷。戰爭的描寫非常寫實，令人怵目驚心，心情也跟著沉重起來；但是動物們溫馨互動，又撫平了心裡的難受。也希望能如馬戲團的約定那樣，讓世界充滿和平與歡樂。這篇故事，讓人感受很深。

簡　禎：

這是一個非常感人的故事，有許多人和動物因為戰亂而死亡。我想作者應該是在告訴我們戰爭很可怕，希望我們人類不分種族、不分宗教，都要和睦相處。

See you
tomorrow

童話書店驚魂夜

插圖／劉彤渲

林安德

作者簡介

平凡到不能再平凡的人，
有幸曾獲得教育部文藝創作獎，
但仍須持續努力。
所以，寫下小傳實在是有點壓力，
希望各位讀者們，好好享受作品，讓文章說話就好囉！

童話觀

能夠開啟想像的另一扇窗是什麼？
可以讓兒童在童趣中翱翔的是什麼？
完成創意舒展的空間，製造歡笑的回憶，又是什麼？
答案有很多，而童話，就是其中之一。

1. 童話書店的祕密

這是一間小小的書店，書店主人童心未泯，把書店命名為「童話」。可是沒有人知道，到了晚上，「童話」書店裡所有的書本，在打烊之後，就會產生一些奇妙的變化——書本裡的角色都可以自由活動。他們可以活動直到天亮，只要趕在書店主人開門營業之前，安安分分的回到書本中，就不會被人發現。

每一本書的每一個角色都很期待夜晚來臨，但是為了避免發生來不及回到書本的遺憾發生，大部分的故事的角色都只在自己的故事中活動，幾乎不會跑到其他的故事胡鬧。不過，故事中總是會有一些過動兒，為了避免他們破壞故事，大家就訂立出這項規矩：

東方神話故事彼此之間可以互相往來，西方童話故事之間可以互相往來。但是，東方和西方的「地界」，不得跨越。

每一個角色都度過了許許多多充滿歡樂的夜晚，也都謹守住東西方的「地界」。但，有一個角色卻因為這個規矩悶悶不樂。

自從孫悟空完成使命——護送唐三藏往西天取經，論功行賞而當上「鬥戰勝佛」之後，已經過了好長一段平靜的日子。在這段漫長的時間裡，悟空想盡辦法打發時間，比如說找牛魔王過過招，和二郎神比試，甚至嘗試著聽如來佛宣揚佛法，但效果都不怎麼好。

就算悟空跑到其他神話或故事當中找其他角色比試，總是無法盡興。

有一次，悟空聽聞三國演義中的關羽武功蓋世，應該是位不錯的好對手。一開始兩人不分勝負，悟空正想使出大絕招時，忽然關羽喊暫停……

「我聽見劉備大哥在呼喚我……，大哥有難了！抱歉，我必須回去救我大哥。」話還沒說完，關羽就騎著赤兔馬飛快的離開。

這實在相當的掃興。類似的情形悟

空接連碰到好幾次，讓他一直想「越界」去西方看看能否有不掃興的對手。

某天，悟空靈機一動：我不是拔一根毛就可以把「這根毛」變成自己的化身嗎？如果我自己變出另一個自己，教他所有我會的本領。然後趕在天亮前，再把他變回來，就不用再想著要「越界」找樂子啦！

於是，悟空拔下了自己的一根毛，變成另一個自己。悟空搔搔腦袋，看著像是照鏡子一般的另一個自己，怎麼稱呼他反成了個問題……

等等，像照鏡子一樣，就會左右顛倒，那就倒過來叫不就得了！

決定了，就叫「空悟」！

悟空開始花時間教導「空悟」自己所學的戰鬥方式以及仙術。空悟很聰明，三天內就學全了悟空的所有本領，連七十二變也都學會了！悟空馬上就和空悟打了一場，你來我往，打得不分勝負。

隔天，變化更是多了。當悟空變成老鷹，空悟就變成獅子。天空的霸主和萬獸之王，誰也不讓誰，卻也都占不了便宜。悟空再搖身一變，到海中變成凶猛的鯊魚，空悟也不甘示弱，變成河中的一隻鱷魚。海水不犯河水，只能彼此乾瞪眼。

悟空對於空悟變成出乎意料之外的對手，覺得十分有趣。雖然總是打不成，但是很久沒動的腦筋又能開始轉動起來，還是很令悟空滿意。至少，他的生活不再無聊了。

一段日子過去，悟空不再煩惱沒事可做，但空悟卻開始覺得厭煩（畢竟是悟空變出來的，個性當然也一模一樣）。「悟空從中國到印度西遊，我卻只能每天晚上和悟空對打，然後天亮之前，又被變回去。沒去見過其他的地方，真是不公平，我也要去西遊。」空悟某天夜裡，做下了決定。

隔天晚上，空悟和悟空商量，希望可以放一天假，讓他去其他的故事見見世面。空悟說：「悟空主人，我陪你打了這麼多天的夜晚，再打下去，我也變不出花招來了。不如，今天放我一天假，我去其他故事裡面學點新花樣回來，你也可以有更多不一樣的驚喜啊！」

悟空想想，滿有道理的。於是。悟空放了空悟一天假，還借了觔斗雲給他，並且吩咐他必須天亮前趕回來。

2. 落難的三隻小豬

空悟開心的駕著觔斗雲，往西方直飛。完全無視「地界」。

飛著飛著，空悟忽然看見有一匹野狼垂頭喪氣的走過，引起了他的好奇心。空悟翻下觔斗雲，問野狼到底發生了什麼事。

「我已經好久好久沒吃到豬肉了……」野狼苦著一張臉，哀怨的說著。「自從小豬

三兄弟住進了紅磚房，不管我再怎麼吹，總是吹不倒那一棟房子。每天只能眼巴巴的從窗戶看進去，看著三隻小豬快樂的吃著大餐。而我，只能餓著肚子，數著自己一根又一根的排骨。」話都還沒說完，野狼的肚子就咕嚕咕嚕的叫了起來。

「紅磚房在哪裡？我想去看看。」空悟問著野狼。

「別去看了啦，算加上你這一隻瘦皮猴兒，也沒辦法吹倒那一間紅磚房。我想，我還是開始練習吃素好了。」野狼嘆了口氣，眼光似乎還泛著委屈的淚光。

空悟最受不了別人看不起他，一口氣吞不下，對著野狼說，「你大錯特錯了，馬

上帶我過去，我如果沒有辦法吹倒那一間紅磚房，我這一輩子都當你的僕人，隨你差遣！」

野狼心想：「這瘦皮猴吹不倒，我就多了一個僕人。而且餓到受不了時，還有猴肉可以吃，穩賺不賠。」他就馬上帶著空悟到三隻小豬的紅磚房了。空悟從窗外看進屋內，三隻小豬果然開心的大吃大喝著，肚皮脹到快破掉似的。回頭看野狼，卻是前胸貼後背，都快要變成一匹紙片狼了。

「狼兄，今天我幫定你了！」於是，空悟就在紅磚房前，深呼吸，然後用盡全力吹——吹——吹——

嘩啦！一眨眼，紅磚房就倒下了！原本好整以暇在餐桌前的三隻小豬，老大口中還咬著一片地瓜葉，老二手上的飲料灑了一半出來，老三正拿著碗要夾菜，完全不明白發生了什麼事。

野狼更是張大了嘴巴，不敢相信他看見的一切。他用力的揉一揉眼睛，瞪大雙眼仔細看。是真的，紅磚房倒下來了！

野狼激動的抱著空悟，誇張的叫著：「猴老大，你真是英明神武，我對你的敬佩之心，就好像大海一樣無邊無際啊！」

空悟聽著，心裡飄飄然的，卻仍死要面子丟下一句：「大丈夫不求回報，不用謝！」接著跳上觔斗雲，又繼續往前飛了！

而還在驚慌失措中的三隻小豬，當然完完全全無法抵抗野狼。排行老三的小豬心裡更是納悶，「為什麼……為什麼……為什麼……」但是當他還在尋找答案時，野狼已經把他們吞到肚子裡。

3. 放羊的小孩不放羊

離開大野狼沒多久，空悟看見有位小朋友正放著羊，十分無聊的樣子，就翻下觔斗雲，準備和這一位小男孩聊天。

「小孩兒，你看起來很無聊，怎麼回事？」悟空先開口問。

「我放了好久的羊，每天一大早就帶這些羊到這片山坡吃草，到了黃昏又要再把這些羊帶回牧場，你說，換作是你，會不會覺得無趣？」空悟聽完，點點頭。因為空悟也回想起他過去不停和悟空鬥法的日子。

「我好想要找些其他的事情做。我也想和其他小孩一樣，四處去玩。」放羊的小孩說著說著，無奈的抬頭看看天空。

空悟抓了一下腦袋，卻也想不出什麼好方法。不過他又不願意留下來幫放羊的小孩看羊。

該怎麼辦呢？

「算了，反正我還是得繼續放羊，不如就去嚇嚇城裡的大人，騙他們說狼來了！」放羊的小孩賭氣的說著。

空悟一聽完，腦子裡馬上浮現出一個點子，他把放羊的小孩叫過來，在他耳邊嘰哩咕嚕的說出計畫。放羊的小孩聽完，飛快的跑下山，急急忙忙的衝向城裡，一邊跑著，一邊大叫：

「狼來了，狼──來──了，狼──來──了──」

城裡的人們看放羊的小孩上氣不接下氣的大吼大叫著，不自覺也感染到這一股驚慌的氣氛。原本在地上玩泥巴的孩子，忘記手上還沾著泥巴，馬上摀著嘴巴，卻吃了滿嘴泥；本來正在晾衣服的媽媽們，嚇的雙手一鬆，衣服掉到地上，又要全部重洗了；羊主人張大嘴巴，無力的叫喊著：「怎麼辦，誰來救救我的羊啊！」搬運東西的工人們十分熱心，把原本扛在肩上的物品丟到地上，轉身要去找武器，準備幫助還在尖叫的羊主人。才不到五秒，城裡灰塵四處飛揚，亂成一團。

放羊的小孩看見這一幕，心裡面當然覺得十分好笑。但是，他沒有忘記空悟交代的計畫。「各位叔叔伯伯，我遠遠的看見野狼，就馬上跑下來通知你們了，請你們快一點，說不定，還來得及救回羊兒們。請快一點跟我上山！」放羊的孩子找一位最強壯工人，拉著他的手，一副急著回山上的樣子。

一群工人帶著扁擔、木棍，急急忙忙的跑上山，發現一頭野狼口中正叼著一批羊。

野狼被這群工人嚇到了，原本口中的羊也「脫口而出」，夾著尾巴頭也不回的逃跑了。

羊主人氣喘吁吁的趕到，清點了一下他的羊群，發現一隻都沒有少。就連差點被野狼叼走的那隻羊，也奇蹟似的毫髮無傷。對於這樣的結局，大家都鬆了一口氣，也不停的稱讚放羊的孩子夠機靈，才能救回全部的羊。羊主人更是為了感謝放羊的小孩即時通報，送給他一大筆錢。

所有人全都下山之後，只留下放羊的孩子。而這時，野狼忽然又出現了，而且一步一步的走向放羊的孩子。奇怪的是，放羊的孩子竟然沒有逃跑，反而向著野狼跑過去！一眨眼，野狼變成空悟！

放羊的小孩抱著空悟，開心的說，「猴大哥，真是謝謝你。你的計畫實在太完美了。你把自己變成野狼，然後叫我去通知大家過來，最後讓所有的羊的安全不受傷，我就會得到獎賞！真的就像你說的，全部都實現了！我可以出去玩了！」

「要不要坐我的觔斗雲，可以更快的到更多地方喔！」空悟對著放羊的孩子提出邀約。放羊的孩子點點頭，開心的跳上觔斗雲。

「出發囉！我不用再放羊了！」放羊的孩子在觔斗雲上開心的大叫著！

4.沒被拆穿的國王新衣

空悟和放羊的孩子繼續往前飛，沒多久，發現有一個城市聚集了滿滿的人潮，空悟最喜歡熱鬧了，馬上下去看看究竟發生什麼有趣的事。

「這位大哥，為什麼你們要聚集在這裡啊？」空悟問著路人甲。

路人甲對空悟說，「國王要穿新衣服出來展示。據說，這是一件不得了的衣服，不僅十分華麗，更要聰明的人才能看見。大家都很好奇國王的新衣是什麼樣式，所以都跑出來等著看哪！」才剛說完，恭迎國王出巡的號角聲就震耳欲聾的響起。

國王現身了，而大家都張大嘴巴，不知要如何反應。

因為國王根本沒穿衣服。

空悟看著全城百姓一臉錯愕，覺得是非常有趣的畫面，放羊的孩子也一樣，他們都想要再看國王繼續丟臉。但這個時候，忽然有一個小孩說，「國王不是沒穿衣服嗎？」

「可惡，說了實話，我就沒好戲看了。」空悟聽完後，心裡不是很高興，連忙想著要如何做才能延續這一場鬧劇。他把放羊的孩子拉過來，又在他耳邊交代一番。

空悟變成一位小孩，指著說出實話的小孩大聲叫著，「才不是，他騙人！國王的衣服漂亮極了！紅色和綠色的線條，十分的搶眼，互相交織出炫爛的畫面。」空悟走向說實話的小孩，「你為什麼要騙人？」

放羊的孩子也馬上大聲附和，「沒有錯，我也看到了。國王的新衣明明很漂亮。你是真的騙人，還是因為不聰明，所以完全看不見？」

其他的鄉民們，完完全全被空悟和放羊的小孩騙了，紛紛責罵起說實話的小孩。「說謊的小孩，真討厭。」、「哎呀，不聰明就承認，不要騙人嘛！」、「對啊對啊，不聰明不可恥，可恥的是不聰明還說謊。」……

你一句我一句不停的罵著，誠實的小孩受不了，流著眼淚，慢慢的走出城外……

空悟和放羊的小孩可開心了，「這真的是最成功的惡作劇了！」

開心歸開心，眼看天就快亮了。空悟跳上觔斗雲，準備回去找悟空報到。他對放羊的小孩說，「該回去了，你也要回去你的故事，我載你一程比較快！快上觔斗雲吧！」

沒想到放羊的小孩不肯回去，「我好不容易才不用放羊，我要多玩幾天才回去。這城市的人這麼好騙，我不多做幾個惡作劇，實在是太對不起我自己了！」

眼看快來不及了，空悟聳聳肩，就趕回去找悟空了。

5. 角色走掉，故事走調

早上，小朋友來逛童話書店，拿起《三隻小豬》，翻開書沒多久，就跑去找老闆，

「老闆，你的故事書壞掉了。」老闆聽完差點笑出來，蹲下來跟小朋友說，「故事書不會壞掉，你再說一次，有什麼問題嗎？」

小朋友很堅持，又說了一次，「這本《三隻小豬》真的壞掉了。」他指著書，對老闆說，「你看，《三隻小豬》裡面都沒有豬。」老闆把書拿過來看著。不得了了！《三隻小豬》裡面真的連一隻豬都沒有！

好久好久以前，在森林裡有。長大之後，想要各自擁有自己的房子。蓋的是茅草房，蓋的是木頭房，而選擇蓋間紅磚房……

只要是和三隻小豬有關的地方，全部都變空白了！

老闆還在驚嚇狀態時，又有一位小朋友咚咚咚跑過來，說，「老闆，這一本《放羊的孩子》也壞掉了。」

……大叫：「狼來了！」全村的居民都跑去準備趕走野狼，但卻一隻野狼都沒看見。而在旁邊開心的笑著，村民才發現被惡作劇了。……

故事書中放羊的小孩這幾個字，一樣全都消失了！

緊接著一位爸爸氣呼呼的走過來，對著老闆開罵，「你看看，你賣的是什麼故事書！」老闆這時已經不知所措，滿臉問號。這位爸爸依舊火冒三丈，翻開《國王的新衣》對著老闆繼續罵，「為什麼你們家的書店裡的《國王的新衣》，到最後沒有誠實的小孩，反而全國上下開始都不穿衣服了？」

老闆揉揉眼睛，不敢置信的看著國王的新衣的結尾：

……小孩不停稱讚著國王的新衣，讓國王十分開心，決定全國人民每人都可以獲得一件國王的新衣，並且，鼓勵大家天天穿著這件衣服出門。最後，全國人民都穿上了國王的新衣，不再穿衣服了。

這位爸爸餘怒未消，頭也不回的帶著小朋友離開了童話書店。剩下老闆依舊張得大大的嘴，好久好久都無法闔上。

6.「變」回原貌

夜裡，故事的角色們開起大會，想要找出為什麼西方童話中的角色會無緣無故的消失。大家七嘴八舌的，質問著彼此，想找出究竟是誰破壞了規矩。可是，除了悟空以外沒有任何一個角色知道有位不存在的角色——空悟，更不可能知道空悟破壞了規矩。

討論陷入僵局，大家都找不出凶手是誰。

躲在一旁的空悟心想，「我自首不僅僅會被罵到臭頭，恐怕悟空都下不了台。事到如今，只好先找悟空討論怎麼解決。」空悟將自己變成一隻鳥，停在悟空肩上，悄悄的在悟空耳邊說出事情的經過。

悟空聽完，連忙帶著空悟回家。看著眼前變回原形的空悟，悟空大罵著空悟：「這下子我真是被你害慘了，早知道，就不把你變出來了！」

「變出來？對啊，可以變出來就沒問題了！」空悟想到好辦法了！

空悟帶著悟空，先到三隻小豬的紅磚房「遺址」，請悟空變出三隻小豬，花了些時間分配「新三隻小豬」誰蓋茅草房，誰蓋木頭房子，誰負責蓋紅磚房。

臨走前，空悟沒忘記告訴野狼又有三隻新小豬了。

接著，他們一起飛到人人都穿著「國王的新衣」的都市，先找回了誠實的小孩，再跑到皇宮裡花言巧語一番，讓國王舉辦第二波的遊行。遊行開始後，悟空變出十幾個小孩一起聲援誠實的小孩，讓全城的鄉民們發現自己都和國王一樣沒穿衣服。

最後，去找放羊的孩子回「家」。一開始，放羊的孩子完全不願意回去放羊，但是，他怎麼可能敵得過悟空與空悟呢？不一會兒悟空和空悟就把放羊的孩子「請」回原來的山坡，讓放羊的孩子繼續放羊。放羊的孩子氣炸了，故意對著城裡大叫狼來了，希望能找全城的人上來修理悟空和空悟。

不過，悟空和空悟早就乘著觔斗雲返回東方。這一切都順利的趕在天亮前完成。故事又恢復了原貌。

到了白天，書店老闆重新翻開昨天那些有問題的故事，發現一切又回復原狀；消失的三隻小豬和放羊的小孩又出現了，而國王的新衣不再是人手一件，誠實的小孩依舊仗義執言，揭穿國王妨害風化。

「難道，一切都是一場夢嗎？還是我昨天遇到的一切都是幻覺？」童話書店老闆想破頭都無法理解，這成為他人生中最大的一件謎團。

至於空悟再也不會忘記關於「地界」的規矩，也不再想跑去西方故事裡了！他覺得東奔西跑修補那些童話，太累人了。這時悟空忽然出現，告訴空悟一個壞消息——武松迷路，跑到西方去打虎了！

唉！即將又是另一個童話書店驚魂夜！

本文獲教育部文藝創作獎教師組童話類佳作

—編委的話—

王海薇：描寫一群童話角色，藉著夜晚的來臨，偷溜出來玩的故事。充滿創意，情節豐富多彩，讀著讀著就會被吸進去了！

陳冠伶：把東方神話故事和西方童話故事互相結合，產生了「混血」的童話書店驚魂之夜；不但如此，還讓夜晚的想像世界和白天的真實世界結合。原來的故事就像白米飯，改寫的故事就像炒飯，加了很多料，更加美味可口。

簡　禎：這個故事可算是一個綜合版的童話，作者將許多傳統童話故事稍微改編，再很巧妙的串聯起來，你會看到三隻小豬，也會看到孫悟空，他們怎麼會出現在同一個故事裡呢？看到裡面一些熟悉的橋段，一定會引起你會心一笑。

許建崑：空悟打破東西童話的地界，惹出角色失蹤，故事走形，顧客抱怨，書店老闆瞠目結舌。透過作者的創意想像，來個童話大車拚，很有意思。

童話有三個好朋友

◎許建崑

從電話那頭傳來九歌編輯室的叮嚀，要我尋找小主編，並且負責一〇一年童話年度選的編選。我很訝異！在學校裡教書久了，對文學類型的分析總有一套既定模式，通過情節、人物、主題與文筆風格各個項目的檢驗，就好像通過少林寺十八銅人陣，要能夠保住金剛之身，才算是「好作品」。結果，以「學院標準」選出來的作品，往往「十平八穩」，較少生氣。對於搞笑、搞怪的，常常「退避三舍」，不敢恭維；不免與有才情卻少佳構的作品「失之交臂」。編輯知道我的猶豫，不斷鼓勵我，希望能換個不同的角度來省視這個年度的童話作品。我理解這是挑戰。要改變「評選角度」的是我，而不是作品。

童話是個奇妙的旅程

我開始想像這個年度童話選初生的樣態。國內有一百多個童話作家，帶著「故事穿透鏡」，走在路上、坐在車上、睡在床上，或者望著餐桌上的湯匙、筷子，突然有了靈感，又耗盡幾百個、幾千個夜晚，在萬物靜寂之際，邀約了好幾百個、幾千個小精靈，共同來縫製「老鞋匠的皮鞋」，希望天亮時候，可以遇到可愛的好心的頑皮的小主人，穿上腳，快樂的走回家去。

我童年時，有幾個童話故事也跟著我回家過。只要想起王爾德〈快樂王子〉的王子和那隻燕子，我好想在深夜裡去幫助他們送東西給需要的人。科洛迪的《木偶奇遇記》也是，在鯨魚肚子裡救回老爺爺，是何等的勇敢！醜小鴨、黑天鵝、小紅帽、長靴貓、三隻小豬，他們本來單獨住在作家的腦海裡，忽然變成了我們的好朋友，真是奇妙！

如果我可以最先讀到今年度國內童話作家剛出爐的熱燙燙的作品，認識他們故事中的小精靈，一定很快樂。所以我就找了海薇、冠伶、禎三個小朋友，開始我們的童話編選之旅。

孩子的直覺與善良

儘管《年度童話選》已經編過九年，九歌編輯室也幫我們注意出版消息，收集作品，但還是有例行的工作要做。每天早上上學，冠伶和禎的老師惠雅會提醒她們去收集當日出刊的報紙、雜誌，只怕過了中午，同學們不曉得會傳閱到何方。

收集到的作品，要影印、編號、閱讀、寫心得。冠伶把每篇作品都貼上見出紙，寫上篇名，討論的時候可以快速找出來。我們在四月、七月、十月各做了閱讀分享。為了爭取時間，十月作了第一次投票，已經選出二十五篇作品。十月到十二月刊行的作品繼續收集，今年一月初再行投票，又有十三篇入圍。由於篇幅限制，必須從中刪去十餘篇。

討論過程中，我看到了孩子的「堅持」，也看到了「善變」。冠伶為第一次落選的〈老路燈〉爭取入圍。理由是溫暖體貼、為人服務。我們讓這篇作品「敗部復活」，甚至參加「年度獎」的選拔。只可惜這篇作品，沒有得到授權，無法刊載。而有位作家寫了系列的鼴鼠奶奶故事，我們挑出了代表作，冠伶還對「跌斷腿、視力差」的情節過於反覆，提出質疑。

我們討論過的第一輪選出作品，必須「讓出幾個位置」，好收入十月份以後的好作品。小主編們表現了「斬釘截鐵」的功力。一句「還好啦」，就把原來高票入圍的作品「打入冷宮」。對於孩子的「堅定」與「效率」，我還嚇了一跳。而有篇〈小東郭和小狼〉，形式像劇本，不像童話；因為小主編們喜好，重新納入討論。原作〈中山狼〉，人狼可以對話，鳥言獸語，已經具有童話元素，又有新鮮的表演方式，讀者可以模仿一段對口相聲，有何不可？做為教室裡教學範例，會有很好的效果。我決定遵從孩子的直覺，放棄對「框架」的疑慮，改以「為兒童說故事」的「大框架」而入選。最後，我們選出了二十五篇作品。

接著是「年度獎」的評定。我們以篇幅較長、情節飽滿、人物生動等幾個要素選出〈嘰嘰嘰警察〉、〈歐拉拉和雲霄飛車〉、〈馬戲團的約定〉、〈童話書店驚魂夜〉、〈雲來的那一天〉等五篇作品。經過了幾次折衝，最後以賴曉珍〈歐拉拉和雲霄飛車〉與王文華〈雲來的那一天〉兩篇PK。兩次無記名投票都各得兩票，我放棄投票後，由三位小主編再投，結果以〈雲來的那一天〉勝出。我看到了孩子的堅持、善變與善良。

仔細端詳這兩篇作品。侏儒歐拉拉想要逃避當小丑的命運，要去尋找夢中的樂園和雲霄飛車。精靈為他復現了樂園，但他必須重回小丑身分表演，以換取搭乘雲霄飛車的門票。從幻境重回現實，他知道聆聽生命之鈴聲，幸運會跟著來。故事篇幅長，結構好，有奇幻，外國陌生化風味，扣住現實議題，也有勸諷意味。而這些「優點」，也可能是「絆腳」的原因。〈雲來的那一天〉寫得比較「輕」，貼近現實、鄉土與生活，乍看之下像篇「小說」，奇幻的元素不強。透過雲霧，與童年時的爸爸相遇同遊，寫心中的渴望。最後才寫出媽媽忙碌、爸爸工作受傷，是阿志誤會了，以為爸媽無心陪伴他。反覆斟酌，〈雲來的那一天〉確實突破了「奇幻童話」的框架，貼心的處理了親情議題。若是要挑這篇作品的毛病，在於收尾處為了合理化情節而做過多的解釋；有時候，作品中要有些留白，不說明清楚，讀者能自行揣摩，反而提供了遊戲想像的空間。

很奇怪，最後PK的兩篇作品都帶有憂傷的因子，而不是傳統溫馨感人的情節。或許含有道德教訓、人生啟發的素材，孩子們已表現出「厭食」的情緒；而裹著糖粉歡娛搞笑的素材，最多也只是孩子的點心吧！

夢想、遊戲與現實

如果要從這次入選的作品中，歸納出童話的要素。我認為用「夢想、遊戲與現實」三項，可以做個簡單的概述。常聽人說：「人因為夢想而偉大」；夢想是個永遠不老的議題，所有創造發明的動能都來自於此；只要「敢想」，就有被生發為現實的可能。尤其在童話世界裡，因想像而創造出來的故事和人物，都可以陪伴讀者長大。其次是遊戲精神，在扮演角色或跟從故事遊歷的過程中，可以使我們學習待人處世以及解決困難的方法。然而，童話不可能是一團胡思亂想、天馬行空的故事，最好能跟現實生活結合。林良爺爺曾經說，童話讀起來，雖然是「胡說八道、荒誕無稽」，但也必要注意到「可圈可點、入情入理」。如果童話故事超越現實太多，情節安排不合理，角色太愚昧，相信讀者也不會滿意。所以說，現代的童話要記得與「夢想、遊戲與現實」做朋友，才可以得到較多讀者的青睞。

衷心的感謝

感謝九歌給予我和三位小主編神奇童話之旅的「門票」；我們得以穿梭在兩百多篇的童話作品中，

日思夜念，故事中的情節和人物，竟然變成我們見面時相互詢問的話題。我們希望這本選集，能帶給讀者閱讀的樂趣。事實上有許多客觀的因素，不能盡善盡美。統計上，五個作家才選出一人，十篇作品中只能選出一篇，不免有「遺珠之憾」。如果讀者意猶未盡，請從作家以及原出版刊物的名字去尋找，相信還可以滿足更多閱讀的樂趣。

不可免俗，我還要感謝東大附小惠雅老師提供場地，也幫助資料的收集整理。還麻煩簡爸、陳媽和王爸的溫馨接送。真的是勞師動眾！陳媽媽每次為我們準備好多食物，好像我們要去長途旅行一般。這次的評審經驗，讓我對三個小主編「刮目相看」，聽聽孩子的意見，有時候也會有「真知灼見」。楊茂秀教授最近送我一本新書，書名正是《大人有時要聽小孩的話》，真可以印證呢！

說說我自己

我是老頑童，因為教兒童文學，學生給我的雅號。從小在《虎姑婆》、《周成過台灣》的故事中長大，喜歡新文藝，喜歡探究人世間的愛恨情仇，對於史傳與小說有極大的興趣。教文學三十多年，深知回返「兒童文學」，是人生最快樂也最有價值的事。為孩童寫過《閱讀的苗圃》、《閱讀新視野》、《閱讀人生》等。閱讀不難，讀多了，自然匯通。閱讀是一種習慣，就好像儲蓄，習慣儲蓄，就不怕匱乏。目前也在《師友月刊》撰寫〈書與電影的對話〉專欄；希望能鼓勵中小學老師按月來讀書、看電影。

童話國的規矩

◎王海薇

歡迎參觀童話國，今天就由我這個英姿煥發的騎士來為大家導覽吧！童話國是個充滿顏色的快樂城堡，城堡裡天天都有新奇的事會發生，有時騎士的馬會突然飛上天空（天馬行空）；看著天空，想要的東西就會「砰！」的一聲出現在你眼前（憑空想像），但是有時會不小心變出妖怪或魔王來騷擾居民，所以就由我這個保護童話國的騎士，來為大家把不良的東西趕出城外，以下是我對城堡良好品質的要求：

一、要能讓讀者產生畫面

童話寫得好的人，通常都能讓人看到文字，像在看畫一樣，一幅一幅的呈現在腦海，讓人彷彿置身於其境，優遊在故事中呢！

二、必須有天馬行空的想像

因為有想像才算是童話嘛！你說沒有！你自己隨便翻一篇童話來看，動物說話算不算想像？神明下凡算不算想像？當然算啊！難道這些事情會發生在現實生活嗎？你看過哪隻動物說話（除了鸚鵡、八哥等學舌的鳥類）？說出來！你帶我去看！這些想像是必須的，你要想出沒人所想過的點子，那才是好童話呢！

三、要能緊扣讀者的心弦，對他們的口味

一篇再好的童話，如果都在寫讀者不感興趣的主題，即使想像力再豐富，也沒有人想好好的把它看完。緊扣心弦的方法有很多種，可以搞笑、溫馨、感動等，這些方法都能使他們看得目不轉睛喔！

四、要有兒童的味道

童話，童話，顧名思義是兒童說的話，所以童話多多少少要摻一點「稚氣」進來，不能寫的太深奧，寫的像大人的話語，那就不是童話啦！

呼！我終於把這串規矩都講清了，時間不早了！你們可以繼續參觀，恕小妹我不奉陪，以後希望你們常來童話國坐坐，只是記住——不要再來找我了，我很忙的！啊！時間不早了，我得趕快去捉妖怪了！

說說我自己

我平時喜歡閱讀和彈琴，就算只有一秒鐘來翻開封面，我也不會放棄這麼一丁點兒的時間，每次都看著看著，眼皮雖越來越重，卻捨不得離開；也就常常看著看著，就忘了明天還要上學，害得早上賴床

起不來。個性迷糊又粗心，每次考試總是這裡少一筆，那裡多一劃的，明明都會，分數卻不高。不喜與他人爭辯，樂觀開朗，遇到事總能迎刃而解，夢想能成為一名鋼琴老師，透過音樂傳遞溫情。

第一次當小評審既興奮又緊張，興奮的是沒想到有朝一日，竟然可以評各位大作家的文章，緊張的是要看那麼多文章，寫那麼多評語，開那麼多會議，上國中了，也不知有沒有空。但是至少你看到的時候，我都已經克服困難完成種種挑戰，尤其當我完成之後，看著成果：嗯！這段辛苦果然沒有白費！

—小主編的話—

我的選文原則

◎陳冠伶

一、創意：

有創意的文章就像一道新菜色，讓人胃口大開。有創意的文章會吸引我欲罷不能地看下去。但是，如果一直套用類似的模式，就像一直吃同樣的菜色，再怎麼美味也會吃膩。有幾篇故事都是老奶奶的腿斷掉了，孫子或小動物來照顧她，一開始看覺得很感人，看多了就會覺得很老套。

創意不一定要無中生有，有些文章雖然是舊的道理，可是用一種新的方式呈現還是可以吸引人，像〈哲學家貓咪〉講的雖然是別的故事裡可能也有說過的觀念，可是作者用一個劇情鋪陳貓咪和其他動物的互動，從動物的對話裡，我也自然而然地跟著一起想這些觀念，這樣也很有創意。

二、寫作技巧：

有的作者寫作技巧很好，很會形容、比喻，經過作者的描述，讀者比較容易產生畫面，感受到作者要經營的氣氛，文章看起來就會生動很多，也比較容易感動，像〈歐拉拉和雲霄飛車〉就是一篇這樣的文章。可是，如果一直形容、比喻，就會覺得很囉嗦，故事的情節就會變得很不緊湊，也會影響到看的感覺，覺得節奏很緩慢、無聊。

三、共鳴和寓意：

和我們的生活經驗相關，常常會讓我覺得心有戚戚焉，讀起來會特別有感覺。像〈龍爭寵〉、〈抽屜裡的舞會〉這些是我生活裡曾經發生或經歷過的事情或感受，就有說到心裡話的暢快感。另外，因為我自己比較喜歡有趣的事物，所以，有趣味的文章也比較容易吸引我。還有一些有寓意的故事，雖然一開始想不明白那是什麼道理，卻會想再多看幾遍，回味無窮，〈哲學家貓咪〉就是這種。

說說我自己

我叫陳冠伶。根據爸爸、媽媽的解釋，「冠」代表的是頭，「伶」是聰明伶俐，也就是他們希望我能頭腦聰明伶俐。不過，我的個性卻迷迷糊糊、天馬行空、喜歡幻想。我覺得這可能跟我的生日在水瓶座和雙魚座之間有關，很多人都覺得我腦子裡想的好像是另外一個世界的事，因為我總會做些浪漫又不切實際的事情，讓大家哭笑不得，拿我沒辦法。

我很興奮參加這次的編輯工作，可以讀到好多的童話故事，大家在周末聚集在一起，熱烈的討論，選出年度最好的作品，這一定是我童年裡最美好的回憶之一。

我心目中的童話特質

◎簡　禎

〈哲學家貓咪〉？貓咪怎麼會是哲學家呢？〈健忘膠水〉？是人健忘，還是膠水健忘？〈羊咩數羊〉？人數羊入眠，那麼這些羊要數什麼才能入眠？你知道嗎？它們都是一篇篇童話的名稱喔！你看這些作品名稱會不會感到很好奇，故事內容在說些什麼？就是因為這些故事的名稱很特別，才能引起讀者的好奇心，所以我認為好童話的第一個特質就是要有個引人入勝的題目。

我覺得好童話的第二特質就是要擁有豐富的想像力，就像兒童文學家林良認為現代童話的重要特質之一就是「重視創意的想像」。例如：〈大野狼撿到海龍王的手機〉就充滿豐富的想像力。海龍王怎麼會有手機？海龍王的手機長成什麼樣呢？大野狼又怎麼撿到海龍王的手機呢？有創意的想像，讓人好奇，會有一股衝動想要找來看。

我認為擁有正面的教育意義也是童話很重要的特質之一，例如〈歐拉拉和雲霄飛車〉，是一篇很熱血的勵志故事。歐拉拉勇敢的追求夢想，也做好充分的準備，當幸運之神降臨時，把握機會實現了自己的夢想。這個故事告訴我們只要有願想，突破宿命的觀念，一步一步去努力，一定可以成功，具有正面意義。經由童話閱讀，我認為可以導正人心，讓人人做好事，時時說好話，使社會充滿和諧、良善的風氣。

而卡洛・科洛迪的《木偶奇遇記》，我認為同時具備了以上三個特質，所以他是我心目中好的童話之一。

說說我自己

常常有人聽到我的名字都會好奇的問：「你是不是和那位著名的女作家同名啊？」我總得忙著解釋，只是同音而已。也許爸媽幫我取這個名字，就是希望我長大以後可以像簡媜一樣成為一位很棒的作家。我現在並沒有特別喜歡寫作，但以後可能會改變，就跟我小時候很討厭吃青菜，而現在卻很喜歡。

我出生在一個很喜歡閱讀的家庭，讓我從小養成閱讀的好習慣。大量閱讀，不就是練就寫作能力的第一步嗎？很高興參與這次的編輯工作，進入奇幻繽紛的童話世界，我相信一定讓我獲益良多，也讓我的童年留下一段既特別又珍貴的回憶。當然，也讓我更接近「簡媜」一點點。

一〇一年童話紀事

◎謝鴻文

一月

・七日，楊茂秀當選中華民國兒童文學學會第十屆理事長。

二月

・一至六日，第二十屆台北國際書展童書館以「活力盎然的綠色童書——欣欣向榮的生命力」為主題，其中創意區邀請聞名國際的藝術家與圖畫書創作者五味太郎來台展出作品，並將其充滿了創意、幽默、愉快、思考等圖畫書的創作特色，轉化成創意遊戲區。各出版社亦規劃許多講座、簽書會等活動，如四也出版的李儀婷童話《媽祖不見了》，由政大實小音樂劇團改編成音樂劇演出；書展基金會舉辦霍玉英主講的童書專業論壇「童書創作力——從個人創意到團隊合作」等。

・五日，南投縣政府文化局舉辦「新春浪漫情事——當咖啡與文學相遇」活動，由台灣兒童文學學會理事長岩上、陳啟忠等人談「咖啡與文學的故事」。

・五日，台灣兒童文學學會改選理事長，由岩上當選新任理事長。

・十日，由台北市立圖書館、國語日報社、聯經出版社、中華民國兒童文學學會等單位主辦的第六十一梯次「好書大家讀」評選揭曉，童話故事類有山田知子《魔法自助販賣機》、林海音《林海音童話故事》、顏志豪《變色羊不吃青菜》、王洛夫和賴玉敏《用輪椅飛舞的女孩》等書入選。

．二十五日至五月十二日，國立台灣文學館每週六下午舉辦「說故事的一百種方法：兒童文學創作坊」，和童話相關課程有：三月三日，許榮哲主講「為什麼我和別人不一樣：自我認同的童話創作」；三月十日，林世仁主講「從一抹靈感到一本童話書」。

三月

．四至十七日，海峽兩岸兒童文學研究會連續兩個週末舉辦「新世紀兒童文學家養成班」，共計四場活動，以「兒童本位概念」為中心，培養新世代兒童文學作家新的寫作思維，邀請張子樟、林良、林煥彰、方素珍、林世仁指導不同類型兒童文學寫作策略與方法。同時，邀請馮季眉、李黨及余治瑩等兼具出版實物經驗及寫作的編輯，報告及分析兒童文學讀物目前在國外及海峽兩岸出版情況和未來市場走勢。其中與童話相關課程有：四日，馮季眉主講的「兒童刊物之童詩童話徵稿、出版現況分享」；十七日，林世仁主講的「如何讓童話更有吸引力」。

．七日，九歌出版社舉行一〇〇年度小說選、散文選、童話選新書發表會暨年度小說、散文、童話獎頒獎。《一〇〇年童話選》由傅林統主編，一如既往也有王映之、陳品臻兩位小主編參與，選出邱千真、邱意恬、楊隆吉、林佳儒、郭慈明、謝鴻文、黃蕙君、陳彥廷、林靜琍、柳一、王宇清、山鷹、王淑芬、陳志和、亞平、林哲璋、周姚萍、林世仁、管家琪、王文華、黃基博等二十一篇作品，年度童話獎由林哲璋《猜臉島歷險記》獲得。

・十九至二十二日，第四十九屆「義大利波隆那兒童書展」，二〇一一年獲得波隆那兒童書展SM基金會新人獎的插畫家鄒駿昇，於台灣館舉辦個展，並發表根據安徒生童話創作的新作《小錫兵》。

・二十八日，新聞局舉辦第三十四次中小學生優良課外讀物推介評選活動揭曉，文學語文類入選一百二十六本書中，童話有《小小猴找朋友》、《魔法紅木鞋》、《狐狸的溜冰鞋》、《流星沒有耳朵》、《用點心學校2：好新鮮教室》、《舞啦啦變城隍》、《柴升找財神》、《媽祖不見了》、《玄天上帝的寵物》、《門神少一半》、《最後一名土地公》、《翅膀種子的祕密》、《月亮來的代課老師》、《鷺鷥小白的明星夢》、《地牛不翻身》、《值日追書生》、《小火龍便利商店》、《精靈宅急便》、《燭火小精靈》、《溼巴答王國》、《不家村傳奇：不家大戰盜垃圾船長》、《變色羊不吃青菜》、《九十九年童話選》、《收集笑臉的朵朵：周姚萍童話》等。

・三十日，紀州庵文學森林舉辦「舊書同好會」系列活動，邀請林文寶主講「重溫兒時——經典兒童圖書」。

・三十一日，由國立台灣文學館主辦，財團法人台灣文學發展基金會承辦的「台灣現當代作家研究資料彙編（第二階段）」於紀州庵文學森林舉辦新書發表會，邀請專家學者編纂張我軍等十二位作家的研究資料，每冊內容包括照片、手稿、小傳、年表、研究綜述、全文選刊重要評論文章及評論資料目錄。本階段編纂的兒童文學作家有潘人木、楊喚、鄭清文。

・《全國新書資訊月刊》三月第一百五十九期製作「文學史上的台灣童書與兒童文學」專輯，刊出林文寶〈我們的歷史，我們的記憶——序說《台灣兒童文學精華集》〉、邱各容〈影響當代台灣童書（文學類）出版的重要指標事件・上篇〉、傅林統〈建檔勾微留青史——《台灣兒童文學一百年》、

《台灣兒童文學史文論選集》評介〉、謝鴻文〈從二〇〇六至二〇〇九年《台灣兒童文學精華集》觀察當前台灣兒童文學發展〉四篇論文。

四月

．一至三十日，基隆市政府與陽明海運文化基金會合辦的「二〇一二基隆童話藝術節」，包括「陽光小龍晒書趣——基隆兒童文學閱讀週」、「海洋百寶創意秀」、「童話主題闖關」等活動，其中「童話主題闖關」係根據去年在陽明海洋文化藝術館票選出來的童話主角愛麗絲，在超現實和潛意識的夢境中，展開一連串刺激的「愛麗絲的『鯨』奇之旅」。

．二日，東華大學通識教育專題講座，邀請幸佳慧演講「測量兒童文學與世界的距離——你所不知道的童書面貌」。

．七日，新竹市政府舉辦「二〇一二竹塹故事月——大家一起來演故事」活動，除了新竹市文化局故事園丁等團體演出兒童劇外，還有童話大車拚等闖關遊戲。

．十四日，台南市卜營國小舉辦「繪本、童話與少年小說」研習，邀請許榮哲主講「為什麼我和別人不一樣：繪本與童話創作」。

．二十至二十五日，香港光華新聞文化中心舉辦第一屆「台灣童書節」，為香港孩子選出台灣作家創作的一〇一本童書，包括傅林統主編《九十八年童話選》、陳沛慈《食神喜饕餮》、賴曉珍《小小猴找朋友》、子魚《我要金手指》、姜子安《土地婆婆不在家》、周姚萍《十二生肖同樂會》等童話；同時有黃春明、劉克襄、鄭丰、黃羿瓅與張淑瓊等人的閱讀推廣講座。

·二十一日至六月三十日，台中市政府文化局每週末分別在台中市內各圖書館舉辦「童書作家說故事」活動，邀請了陶樂蒂、黃郁欽、幸佳慧、貓印子、蔡宜容、李雀美、陳筠安、劉旭恭、李瑾倫等人從繪本、瑞典兒童文學作家林格倫、少年小說等不同主題與著作演講，與童話有關為五月十二日李儀婷在大安圖書館主講「童話中的奇幻冒險」、五月二十六日林世仁在霧峰圖書館主講「童心看世界：看童話、聽童話」、六月十六日許榮哲在西屯圖書館主講「童話搜神記：神明的孩子」。

·二十一日，二〇一一年度「好書大家讀」最佳少年兒童讀物得獎圖書頒獎，這次一共四套套書及一百二十冊單冊圖書獲獎。童話故事類得獎有哲也《小火龍便利商店》、林良《給史努比的信》、賴曉珍《小小猴找朋友》、張曉風《抽屜裡的祕密》、林良，席慕蓉等著《蝸牛先生的名言》、林世仁《流星沒有耳朵》、林哲璋《不家村傳奇：不家大戰盜垃圾船長》、周銳《琴》、張秋生《小巴掌童話：飄過窗口的大蘋果》、林海音《林海音童話故事》等。

·二十八日，天衛文化在紀州庵文學森林舉辦「《台灣兒童文學精華集》文學沙龍」，總策劃林文寶，及洪志明、陳景聰、陳沛慈三位編選者都出席談他們的編輯觀點，這場兒童文學界的派對還有林良、鄭明進、傅林統、林煥彰等數十位兒童文學作家出席。

五月

·五日，中華民國兒童文學學會「兒童文學的家」重新開放，上午舉辦「童書朗讀雅會」由傅林統朗讀分享《一〇〇年童話選》；下午舉辦學會出版的《林立兒童文學作品集》新書發表會。

六月

．一日，中華民國兒童文學學會舉辦「童書朗讀雅會」由林哲璋朗讀分享《屁屁超人》。

．二日，台南市立圖書館於國立台灣文學館舉辦「非讀BOOK台南愛讀冊——兒童文學高峰會」，為國內首次以「公共論壇」方式，透過作家、專家學者演講、與談，以及和讀者面對面討論互動的型態，激盪出新的思維與具體政策，謝鴻文主講「兒童文學的重要性」、葉建良主講「談芬蘭、愛沙尼亞兒童文學機構」、幸佳慧主講「英國兒童文學的發展與現況」、唐麗芳主講「雲林故事館的發想與落實」。

．四至五日，基隆市文化局舉辦「二〇一一年基隆市文藝營」，由謝鴻文、林世仁、方素珍、許榮哲擔任講師。其中謝鴻文主講「用創意與想像玩童話」、許榮哲主講「為什麼我和別人不一樣：自我認同的童話創作」。

．九日至九月一日，每週六上午國立台灣文學館舉辦「可圈可點的胡說八道：兒童文學創作坊」，由許榮哲擔任導師，陳榕笙、陳竜偉、謝鴻文、林哲璋、林文寶、李儀婷等人擔任講師，講題涵蓋少兒小說、動畫、童詩、閱讀等面向，與童話有關的場次為：六月九日許榮哲主講「說故事的方法（一）：尋找自我的認同」、六月十六日許榮哲主講「說故事的方法（二）：矛盾與兩難」、七月二十八日許榮哲主講「說故事的方法（三）：魔術與魔法」、八月四日林哲璋主講「兒童文學的自圓其說」。

．二十五日，林良獲選為第十六屆國家文藝獎文學類得主。

．二十九日，靜宜大學外語學院舉辦「第十六屆兒童語言與兒童文學全國學術研討會」，本屆會議主題為：中外童書創作、閱讀、譯介與教學，研討會內容包括吳玫瑛專題演講「台灣兒童文學在美國」，及五篇英文論文、七篇中文論文發表，座談會則邀請趙天儀、邱各容、鄭清文、林武憲、丁玫瑛擔任引言。

・三十日至八月十二日，四也出版公司舉辦「第二屆四也兒童文學營」，共三個梯次，台北場六月三十日至七月一日於龍顏講堂，台中場七月二十八至二十九日於台中故事協會，高雄場八月十一至十二日於國立科學工藝博物館南館研習教室，從童話、繪本、作文、少年小說等面向設計課程，講師群包括王文華、李儀婷、林文寶、林哲璋、許榮哲、陳景聰、楊茂秀、管家琪、張友漁、張嘉驊等，與童話有關的課程有七月一日管家琪「童話與少年小說的虛與實」，七月二十八日陳景聰「童話導讀與創作」，八月十一日王文華「童話的藝想世界」，八月十二日林哲璋「由兒童主體性出發的經典童話」。

七月

・一至三十一日，桃園縣政府文化局主辦「桃園兒童閱讀月：擁抱一〇一本祕密花園」，內容包括一〇一得獎好書展、閱讀小公園主題展、童趣闖關遊戲&童玩、童書市集、說故事技巧培訓、夏日親子閱讀樂，以及林世仁閱讀技巧專題講座「書的前世今生——從《宇宙魔法印刷機》談書與故事」等。

・二至七日，台南市葫蘆巷讀冊協會舉辦「我們都是好公民——閱讀書寫創作營」，講師包括陳致元、李世榮、幸佳慧、諶淑婷。營隊以「公園」為主題，讓少年兒童從閱讀活動中培養對於現實環境的人文關懷，從中進行深度觀察、思辨與討論，進而淬鍊出寫作與創造的興趣與能力。

・八日，龍圖騰文化、文訊雜誌社於紀州庵文學森林舉辦龍圖騰文化系列講座「兒童文學大師豐子愷」，謝鴻文主講「豐子愷的童心世界」；八月五日林良主講「漫談豐子愷」。

・十三日，第三十六屆金鼎獎揭曉，圖書類兒童及少年圖書獎人文類，由林良《純真的境界》獲得人文類獎項；賴曉珍《小小猴找朋友》與林世仁《流星沒有耳朵》一同得到文學語文類獎。

・十八日，桃園縣國民教育輔導團從三月起每月辦理一次「精進教學教師閱讀與寫作工作坊」，邀請黃登漢擔任講師，每個月有不同的主題，七月主講「童話寫作題材與技巧」；八月二十二日主講「童話創作實務與觀摩」。

八月

・十六日，九歌文教基金會主辦第二十屆九歌現代少兒文學獎，假文化部一樓藝文空間舉行頒獎典禮，首獎：許芳慈《她的名字叫Star》，評審獎：從缺，推薦獎：蘇湛《冥王星公主的故事罐頭》，榮譽獎：王宇清《空氣搖滾》、薛濤《沙漏的祕密天堂》、余雷《流淚的白楊樹》、張英珉《鴿王再現：流浪鴿集團的榮耀》、黃顯庭《Love, Love, 雲的家》、黃玄《反宇宙的魔幻國》。

・十九日，馬來西亞兒童文學學會於吉隆坡成立，黃先炳博士擔任第一屆會長，邀請國內林文寶伉儷、浙江師範大學方衛平伉儷參加盛會。

・二十二至二十五日，第十一屆亞洲兒童文學大會在日本東京舉行，台灣與會者張桂娥專題報告「台灣兒童文學創作在日本的傳播與接受」，以及謝鴻文、鄧名韻、林慈鳶、卓淑敏、蔡明原論文發表。

・二十七日，台北市故事文化創意協會成立，由童話作家子魚當選第一屆理事長。

九月

．十日，宜蘭縣政府文化局舉辦的「我的城市．我的書」活動評選揭曉，由《黃春明童話集》榮獲二○一二年「宜蘭縣之書」。

．十二日，由台北市立圖書館、國語日報社、聯經出版社、中華民國兒童文學學會等單位主辦的第六十二梯次「好書大家讀」評選活動揭曉，童話故事入選的作品有王宇清《願望小郵差》、蘇樺《虹從那裡來》、王文華《狒狒的面具店》、謝鴻文《雨耳朵》、丁勤政《快樂豬學校》、哲也《青蛙探長和小狗探員》、岑澎維《溼巴答王國：萬夫莫敵鳥》等七十六冊。

．十七日，第二屆台南文學獎得獎名單揭曉，兒童文學類首獎洪淑惠〈小女王餅乾〉，優等蔡長明〈木魚流浪記〉，佳作劉碧玲〈尋蛋啟示〉、王俍凱〈女王何貝貝〉、翁心怡〈魔術師的紅皮箱〉。

．二十三日，教育部文藝創作獎頒獎揭曉，教師組童話特優林哲璋〈不偷懶小學的不摸魚老師〉、優選張淑慧〈寶藏花〉、優選徐嘉澤〈綠仔〉、佳作林安德〈童話書店驚魂夜〉、黃培欽〈誰會偷走愛〉、林怡君〈粉粉國〉。

．二十八日，台東大學兒童文學研究所舉辦「童書出版與創作實務工作坊」，邀請四也出版公司的發行人張素卿、總編輯許榮哲、副總編李儀婷分別從四也出版社的經營、繪本、童話與少年小說等面向授課。許榮哲主講「為什麼我和別人不一樣：自我認同的童話創作」。

．二十九日，台南市裕文圖書館開館，邀請幸佳慧主講「遊藝閱讀——英國經典童書的美與力」。

十月

．六日，國語日報社舉辦「林良爺爺八八生日暨新書發表會」，林良談新書《小東西的趣味》、

《更廣大的世界》，還有長安國小學生竹板快書表演，以及兒童文學作家子魚、方素珍、林世仁、桂文亞等人創作「小東西」短詩獻給林良。

・十一日，方素珍於國立台北教育大學語文與創作學系主講「我的童話遇上兩岸的畫家和出版社」。

・十五日，第十一屆「國語日報兒童文學牧笛獎」公布得獎名單，第一名是吳俊龍〈蒼蠅阿志與螞蟻阿康〉、第二名是廖雅蘋〈阿牆的讀心術〉、第三名是鄭順聰〈屁股癢的石獅子〉、佳作三名為翁心怡〈皇后的蘋果〉、張淑慧〈戴面具的怪獸〉、黃振寰〈替身機器人〉。本屆參選件數有兩百一十件，比去年多，決選評委有許建崑、吳玫瑛、林世仁、王淑芬、孫小英。評委總召許建崑表示，本屆作品水準比往年高且整齊，尤其在「創造性、遊戲性及想像力」評選標準下，更有亮眼表現。

・二十日，歷時三年多籌建，台灣第一座兒童文學作家紀念館——位於桃園縣大溪鎮仁和國小內的林鍾隆紀念館，九月初驗收竣工後，先試營運供仁和國小師生使用，待一〇二年正式開館後才全面對外開放。正式開館前的暖身活動也逐步起跑，首先登場的是由林鍾隆遺孀李玟臻女士和謝鴻文共同主持的「作家紀念館的經營想像與實踐座談會」，邀集了趙天儀、邱各容、邱傑、胡鍊輝、徐正平等二十位學者、作家參與，同日並有SHOW影劇改編林鍾隆童話〈國王的寶庫〉的紙芝居故事劇場演出。

・二十一日至十一月四日，新北市米倉國小連續三週日舉辦「閱讀寫作營」，由謝鴻文帶領導讀《雨耳朵》，並由此童話集進行延伸的閱讀寫作教學活動。

・二十六日，正聲電台於台北誠品信義店舉辦「金鼎振書聲講座」，邀請林世仁主講「《流星沒有耳朵》創作過程分享」。

・二十六日，童話作家許榮哲當選台灣文學創作者協會第三屆理事長。

・二十八日，一八一二年出版的《格林童話》今年正值二百歲大壽，莊協發・港町文史講亭也呼應紀念，於大稻埕千秋街店屋舉辦「採集故事的兄弟——格林童話郵票中的故事」講座，邀請周惠玲分享格林童話相關世界各國郵票。

十一月

・十三日，國立台灣文學館文學好書推廣獲選名單公布，入選的童書有《二〇〇九年台灣兒童文學精華集》、《玉山的新外套》。

・十六至十七日，東吳大學英文系舉辦「二〇一二年兒童文學國際學術研討會」，有來自美國、澳門、英國、日本、印尼、菲律賓及台灣等地的學者、研究生參與，活動包括一場台灣張杏如的專題演講、美國Roberta Seelinger Trites和日本吉田純子的二場特邀演講，及二十七場口頭論文、九場壁報論文發表。

・二十一日，佛光大學人文與藝術研究中心揭幕，由佛光大學中國文學與應用學系舉辦「公主・精靈・大野狼——世界立體童書展暨兒童文學與藝術系列專題講座」，楊茂秀主講「故事說演——小朋友開口、大人開耳」；十二月十九日，游鎮維主講「安徒生的異想世界：西方兒童文學世界」。

・二十五日，第二屆台中文學獎揭曉：第一名望生〈大野狼撿到海龍王的手機〉、第二名張淑慧〈燈「龍」〉、第三名保溫冰〈糖果洞的煩惱〉、佳作鄭丞鈞〈好神〉、王文美〈食字魔〉、曾昭榕〈小菩薩〉、Hung小千〈阿倫博士腦袋裡面的小插曲〉。

十二月

・一日，台灣客家筆會舉辦「客家少兒文學研討會」共發表十一篇論文，除邱各容〈從史料學觀點審視客家少兒文學在台灣兒童文學發展中的歷史定位〉、劉煥雲〈台灣客家兒童文學發展方向之研究〉以外，其餘論文多半以客家童謠兒歌為主題論述。

・一日，國家圖書館舉辦的「冬天來了，春天不遠——閱讀西方」系列演講，由黃雪霞主講「談《貝洛童話》：談古說今、話法國城堡」。

・一日，基隆市第十屆海洋文學獎頒獎，童話故事類得獎者首獎吳俊龍〈洞神乙〉、優勝陳文和〈普通讀者〉、優勝黃敬雅〈若依的畫布〉、佳作呂登貴〈水母馬拉松〉、吳歡哲〈海濱部落〉、葉衽榤〈魚夢〉。

・十五日，國語日報上午舉辦兒童文學牧笛獎作品討論會，評審林世仁、王淑芬、孫小英出席擔任座談引言。下午舉行頒獎典禮，本日《國語日報》並製作特刊「童話這條船要往哪裡去」，刊出許建崑總評，以及得獎者感言，國語日報社同時出版得獎作品集《蒼蠅螞蟻讀心術》。

・十九日，桃園縣兒童文學創作獎頒獎，故事童話組第一名林怡君〈小耳節〉、第二名謝宇斐〈綠色藥方〉、第三名陳志和〈誰偷了餅乾〉、佳作戴佩琪〈誰是武林至尊？〉、佳作張英珉〈好朋友魔法學校〉。

・二十六日，台灣兒童文學研究學會於台北召開成立大學，設址於東吳大學，以提倡台灣兒童文學研究風氣，並促進國內外兒童文學之學術交流為宗旨。

九歌童話選 10

九歌101年童話選

Collected Fairy Stories 2012

主編 許建崑、王海薇、陳冠伶、簡禎
插畫 Kai、李月玲、那培玄、許育榮、劉彤渲
執行編輯 鍾欣純
發行人 蔡文甫
出版發行 九歌出版社有限公司
台北市105八德路3段12巷57弄40號
電話／02-25776564・傳真／02-25789205
郵政劃撥／0112295-1
九歌文學網 www.chiuko.com.tw
印刷 晨捷印製股份有限公司
法律顧問 龍躍天律師・蕭雄淋律師・董安丹律師
初版 2013（民國102）年3月
定價 320元

書號 0172010
ISBN 978-957-444-872-2
（缺頁、破損或裝訂錯誤，請寄回本公司更換）
本書榮獲臺北市政府文化局贊助

國家圖書館出版品預行編目資料

九歌一〇一年童話選. / 許建崑主編 ; Kai、李月玲、那培玄、許育榮、劉彤渲圖. -- 初版. -- 臺北市 : 九歌, 民102.03
面 ;　公分. -- (九歌童話選 ; 10)

ISBN 978-957-444-872-2(平裝)

859.6　　102001311